오픈
샌드위치

북유럽식 행복 레시피

오픈
샌드위치

데비 리 지음 · 김은기 그림

amStory
All about Making Story

차례

Every man's life is a fairy tale written by God's fingers.

모든 사람의 인생은 하나님의 손가락으로 쓰여진 동화다.

- 한스 크리스찬 안데르센 -

Prologue

몇 해 전, 출장길에 덴마크의 미래학자이자 마케팅 구루인 롤프 옌센을 만날 기회가 있었다. 그의 집무실에서 커피 한 잔을 마주하고 이야기를 나누던 중 그가 건넨 한 마디가 나의 마음을 두드렸다.

"이제는 '경제성장률'만 열심히 좇아가지 말고 '행복성장률'도 신경쓸 때가 되었어요."

롤프 옌센은 오래전 그의 저서 〈드림 소사이어티〉를 통해 세상은 '제품과 정보'를 파는 시대에서 '꿈과 스토리'를 파는 시대가 될 거라 전망했었고, 그의 예상대로 시간이 흐른 지금, 그는 다시 행복에 대해 이야기하고 있었다.

"행복성장률을 어떻게 측정할 수 있나요?"

"음. 그냥 늘 물어보면서 사세요. 주변 사람들이 행복한지, 또 나 자신은 행복한지 가끔씩 서로 물어봐야 해요."

이렇게 대답하는 그의 명함에 적힌 직함은 '최고상상책임자'. 행복을 상상하는 것만으로 기분이 좋아졌다. 그의 집무실 벽에는 신기하게도 한국에서 건너온 하회탈이 장식되어 있었다. 하회탈과 롤프 할아버지 그리고 나, 이렇게 셋이 사진을 찍고 나오는 길에 나는 아주 멋스러운 성냥 한 갑을 선물로 받았다. 아까워서 아직 한 번도 켜 보지 못하고 장식만 해 둔 성냥. 그 성냥이 언젠가 행복한 글을 쓰고 싶었던 내 마음에 불을 당겨 주었다.

어린 시절부터 나는 내가 만난 사람들 중에 나에게 좋은 영향을 끼친 사람들을 정리하고 그들의 한 마디를 기록하는 것을 즐겼다. 그리고 얼마만큼의 영향을 주었는지 별표로 표시해 보곤 했다. 그 습관은 어린 시절부터 지금까지 이어져 어느덧 내게는 그들의 데이터와 형형색색 깨달음을 안긴 어록들이 인덱스를 붙여야 할 만큼 쌓여만 갔다. 게다가 나는 유독 나이 든 사람들과의 대화를 좋아한다. 그냥 시간이 흘렀기 때문에 나이가 든 것이 아니라 자신이 겪은 경험의 콘텐츠를 지혜로 녹여낸 분들의 이야기는 언제라도 주워담고 싶은 열매들이다. 그럴 땐 꼭 수첩을 들고 있어야 한다.

"다 지나가게 되어 있지요. 그리고 그 실수에서 배우면 되는 거예요."

내가 겪어야 할 일을 미리 겪은 분들의 이야기는 갑자기 위기가 닥칠 때나 처음 당하는 일로 당황할 때 백발백중 평화를 안기는 조언이 된다.

오랫동안 유럽과 관련된 일을 해왔고, 특히 북유럽 덴마크와의 인연을 통해 지구의 북쪽 끝과 동쪽 끝을 오갔다. 직접 만난 덴마크는 '데니쉬 패스트리'가 아닌 까맣고 딱딱한 호밀빵을 주로 먹는 나라였다. 그 위에 여러 가지 재료를 얹어서 뚜껑을 덮지 않고 그대로 먹는 것을 오픈 샌드위치라고 하는데, 북유럽과 그 인근 나라들에서 먹었던 전통음식이다. 스칸디나비아 스타일의 오픈 샌드위치는 덴마크어로 smørrebrød, 노르웨이어로는 smørbrød, 스웨덴어로는 smörgås, 핀란드어로 voileipä라고 불리는데, 그들의 소울 푸드라고나 할까. 이 간단한 샌드위치에서 인생을 만났다.

지구 상에 존재한다는 실로 온갖 종류의 빵을 알고 있었는데, 입 안에 넣으면 독특한 향과 함께 곡물이 그렁그렁 가득 씹히는 호밀빵은 그 존재를 잘 알지 못했다. 지금은 그 맛도 질감도 익숙하지만 처음엔 생소하기 그지없는 것으로부터 출발한다. 미지의 세계가 나의 터전이 되기도 하는 것, 이 알 수 없는 빵 하나를 내 접시에 얹고 항해를 시작했다. 어릴 적에 봤던 만화 빨강머리 앤의 대사처럼. "엘리제가 말했어요. 세상은 생각대로 되지 않는다고. 하지만 생각대로 되지 않는다는 건 정말 멋지네요. 생각지도 못했던 일이 일어나는 걸요!"

다시 돌아오지 않는 30대를 보내며 국경 너머 사람들과의 만남을 통해 마음이 움직이고 작은 환희를 경험했던 순간들을 모으는 일은 보물찾기 시간처럼 경이로웠다. 어떤 사람을 만나든지, 어떤 상황에 처하든지, 어두운 이면보다 빛나는 반쪽을 찾아내려는 의지를 담고 싶었다. 책의 마지막 장을 덮을 즈음, 저마다의 해석으로 완성된 오픈 샌드위치를 마주하길 간절히 기도한다.

(등장 인물의 프라이버시를 고려해 몇몇 인명과 지명은 교체했음을 밝힌다.)

새로운 빵과의 만남

오픈 샌드위치를 만드는 데 필요한 첫 번째 재료는 빵이다. 빵 위에 여러 가지 재료를 다양하게 올려 만드는, 서민들이 즐겨 먹었다는 샌드위치. 다른 빵으로 뚜껑을 덮지 않기 때문에 그 위에 무엇을 얹었는지 볼 수 있어서 전시해 놓으면 아름다울 정도다. 그런데 이 오픈 샌드위치를 찬찬히 보고 있으니 왠지 인생이 보인다.

일단 빵 하나를 접시 위에 올려놓는다. 인생의 소중한 가치와 확고한 정체성을 버무린 반죽으로 잘 구워진, 건강한 빵이면 더욱 좋다. 물론 그 수수한 빵 한 조각이 아직 준비되지 않은 사람들도 많다. 누군가는 빵이 노릇하게 구워지길 기다리는 중이고, 또 누군가는 열심히 반죽 중일 수도 있다. 기다림의 미학부터 감사의 미덕까지, 하나의 빵에서 인생은 시작된다.

작고 오래된
먼 나라

 그 날은 오랫동안 준비하고 계획해 온 유럽여행을 떠나는 날이었다. 설레는 마음으로 눈을 뜬 아침을 나는 아직도 잊을 수 없다. 함께 유럽으로 떠나기로 한 언니의 놀란 목소리가 전화선을 타고 다급하게 들려왔다. 뉴욕의 무역센터가 무너졌다고…….

"뭐라고 뭐가 무너졌다고?"

 잠도 덜 깬 데다가 갑작스러운 이야기를 들으니 무슨 말인지 도무지 알아들을 수가 없었다. 단단히 기대하고 있던 유럽여행을 떠나는 날이라 나는 그 전날 평소보다도 더 일찍 잠자리에 들었던 차였다. 아주 평온하게. 그런데 하루 아침에 하늘이 무너지기라도 한 듯한 충격 속에서 잠을 깨야 했다. 저 멀리에서 일어난 엄청난 사건에 온 세상이 슬픔과 충격에 몸 둘 바를 몰라 하고 있지 않은가……. 머리가 띵 했다. 그렇게 나의 첫 번째 유럽 여행은 시작됐다.

 지구 반대편에서 일어난 재난으로 방문하는 유럽의 도시마다 경비가 삼엄했다. 그 와중에 난 지갑과 카메라 그리고 여권이 든 가방까지 잃어버렸다. 여행에 필요한 거의 모든 것을 잃어버린 난감한 상황에서 가진 건 여권 복사본 한 장뿐이었다. 무작정 공항으로 달려가 공항 경찰 부서를 찾았다. 한동안 그 곳에서 조사를 받고 절차를 거친 끝에 마지막 담당자를 만났다. 나를 한참 동안 뚫어지게 처다보던 그가 말했다.

"테러리스트처럼 생기지는 않았군요."

'그럼, 물론이지. 나는 정말 지구의 평화를 위해 기도하는 사람인걸!'

다리가 후들거렸지만 이렇게 속으로 말하고는 평화의 미소를 크게 지어주고 국경을 넘었다. 기적 같은 일정이 계속 이어지고 있었다. 유럽과 나는 이렇게 소란스럽게 인연을 맺었다.

비행기에 오르는 순간부터 국경을 넘는 순간까지 평범하지 않았던 유럽여행이었지만, 역사 교과서 안으로 걸어 들어간 듯한 유럽의 정취는 매혹적이었다. 아침 일찍 집에 장식할 꽃을 사러 꽃집 앞에 길다랗게 줄을 서있는 사람들에게선 마음의 여유가 보였다. 나에게 줄을 서는 일이란, 점심시간에 비좁은 식당을 비집고 들어가기 위한 전투와도 같은 과정일 뿐인데 말이다. 유럽 어디에서든 자주 볼 수 있는, 노천카페에서 사람들이 자유롭게 앉아 담소를 나누는 모습이나 푸르게 펼쳐진 공원과 사람들의 어우러짐이 즐거웠다. 오래된 건축물들을 보는 것도 왠지 푸근하고 낯설지 않았다. 예술이란 것이 생활 안에 깊숙이 들어가 있어서 어디에서든지 미술과 음악, 건축과 디자인, 아름다운 음식과 그들만의 투박한 패션들이 나의 눈과 귀에 파노라마처럼 펼쳐졌다. 웅장하든지 아기자기하든지, 어떤 모양으로든 나에게 던져주는 행복의 메시지가 있었다.

여행에서 돌아온 후, 유럽을 자주 가고 싶다는 나의 바람은 얼마 지나지 않아 이뤄졌다. 물론 북유럽이 될 줄은 짐작도 못 했었지만. 예전 직장동료의 북유럽 여행기를 사보에서 봤을 때에도, '세상에 가까운 나라들도 많은데 그 먼 곳까지 가다니…….'라는 생각뿐이었다. 그렇게 북유럽은 산타클로스가 나오는 추운 동네였고, 덴마크는 나에게 그저 작고, 조용하고, 먼 나라일 뿐이었다.

햄릿의 고성
크론보그

셰익스피어의 햄릿이 덴마크 왕자였다는 것은 영문학 과목을 들었어도 기억에 크게 남아있지 않았다. 코펜하겐에서 1시간 가량 기차를 타고 가면 '엘씨뇨(Helsingor)'라는 작은 도시가 나온다. 한국사람들은 이런 도시를 을씨년스럽다던가 너무 심심하다고 표현할지 모르겠다. 특히 춥고 어두운 날이면 더욱 그렇지만 5월부터 시작되는 여름에 가면 반짝이는 해와 꽃들을 볼 수 있다. 그 곳을 여태껏 지키고 있는 햄릿의 크론보그 성. 이제는 그의 명성도 퇴색했는지, 찾는 이가 많지 않아 오래된 고성과 비둘기들만 남아 쓸쓸하다. 프랑스의 베르사유 궁처럼 화려하지도 않고, 관광상품으로 떠들썩하게 만들어놓지도 않은, 그저 유럽의 어느 고성과 다를 바 없어 햄릿을 떠올리려면 상상력을 발휘해야 한다. 그러고 보면 덴마크인들은 다른 유럽 국가처럼 옛날의 영광을 상품화하여 자손 대대로 먹고 사는 산업을 만들어내는 데에 썩 골몰하지 않는 분위기다. 시간이 흐를수록 오래된 영광은 바래겠지만 상업지대로 변한 유적지보다는 있는 그대로 오래된 흔적이 만연한 곳이라서 더 감상에 빠질 수 있으리라. 하지만 그 으스스한 분위기를 감당할 수 없다면 반드시 동행을 데려갈 것! 고성 지하에 있는 깜깜한 옛 감옥에 내려갔다가 미로에 갇혀 나가지 못하고 감옥에서 죽을까 봐 엉엉 울었다는 동료의 전설 같은 이야기가 전해진다.

북유럽 한 귀퉁이에 쪼개진 섬으로 붙어있는 나라, 들어보긴 했어도 잘 알 수 없는 나라. 그런데 갈 때마다 나에게 삶을 다시 돌아보는 시간을 선물하는 나라가 덴마크였다. 나와는 전혀 상관이 없을 것 같은 나라가 어느덧 나에게 일 년에 한 번 이상은 가는 장소가 되는 것, 삶은 그런가 보다. 전혀 관심조차 두지 않을 것 같았던 남자와 사랑에 빠져서 결혼하는 것이나, 절대 할 것 같지 않았던 일을 직업으로 삼는 일이나, 생각지도 못했던 곳을 가게 되는 일처럼 우리의 미래는 어떤 곳을 향해 누구와 항해하게 될지 아무도 모른다. 이제는 글로벌 시대이니 심지어 어떤 나라와 인연을 맺을지조차 그 가능성이 무한하게 열려 있다. 우리는 다만 짐작하지 못할 뿐 어떤 새로운 빵을 만나더라도 최선을 다하겠다는 마음만 잊지 않으면 된다.

한국에서는 내 몫의 시간이 제로에 가깝다. 그건 한국이기 때문이 아니고 전 세계 누구나 일상의 터전에서는 마찬가지일 것이다. 결국 여행을 떠나야만 나를 옭아매는 것들로부터 자유로워지기에 인간은 모두 여행을 꿈꾼다.

일하는 사람들은 고용된 회사나 운영하는 비즈니스에 거의 모든 시간을 바치고, 주부는 집안일과 아이들 챙기기에 모든 시간을 바친다. 일하는 엄마라는 애매한 포지션을 가진 사람들은 이 양쪽에 자신의 시간을 쓰고 나면 1초의 여유도 남지 않는다.

워킹맘이었던 나에게도 이 모든 것들과 헤어지는 유일한 탈출구가 있었으니 바로 북유럽으로의 출장이었다. 1년에 한 번 나에게 일기를 쓸 수 있는 시간이자 지금 어디에서 무슨 생각을 하며 살고 있는지, 무엇을 향해 가고 있는지 나를 돌아보게 되는 오롯한 시간이다. 북유럽으로 비행기를 타고 오가는 긴긴 비행 시간과 혼자 있는 작은 호텔 방에서의 저녁 시간을 해마다 돌아오는 'annual freedom(연례 자유)'이라고 이름 지었다. 그것은 꿀맛이기도 하지만 쓴맛도 함께 있다. 1년에 딱 한 번 돌아오는 나의 연례 자유는 일의 연장이긴 하지만, 엄마의 발에 항상 무겁게 달려있는 아이들과 집안일을 잊어도 되는 딱 일주일간의 해방이다. 앞으로 남은 인생에서도 꼭 먼 여행을 떠나지 않아도 1년에 일주일 만큼은 나에게 셀프 자유이용권을 주며 살고 싶다. 내 몫의 책임에서 아주 짧게라도 잠깐 멀어져 보기. 이건 엄마가 행복해야 가족이 행복하게 되는 진리의 실현이다.

한창 엄마의 손을 필요로 하는 아이들을 둔 주부가 매년 떠나는 출장은 만만치 않았다. 갈 때마다 단단히 가족들을 챙겨놓고 떠나도 늘 예상치 못한 일들이 생겼다. 큰 아이는 가끔 엄마가 며칠 동안 사라졌던 생각이 나서 마음이 슬퍼진다는 말로 나를 망설이게도 했다. 그러니 그만큼 떠나있는 시간을 소중히 쓰고자 했다. 어디서든 엄마의 사랑이 전해지길 기도했고, 더 멋진 엄마로 빛나고 숙성되어 돌아오길 바랐다. 우리 아이들에게 들려줄 근사한 이야기와 함께 돌아오고 싶었다. 어느 곳을 다녀와도 배우고 느끼며 돌아오게 되고, 그 경계에는 사람과 사랑이라는 불변의 테마가 존재한다.

안데르센 vs 바이킹

어릴 적 나는 동화 속에 빠져 사는 소녀였다. 이국의 동화 속에서는 공주님이 되기도 하고, 전래 동화 속에서는 타임머신을 타고 그 시대로 돌아가 해피 엔딩을 맞는 여주인공이 되기도 했다. 누가 불러도 대답하지 않고 그 세계에서 헤어나오지 못하던 공상 소녀는 이제 현실로 돌아와 계산기를 두드리며 살아가는 아줌마가 되었다. 어린 시절 동화구연대회에 나갔던 기억이 있는데, 지금은 그 특기를 살려 아이들에게 매일 밤 동화를 읽어주는 엄마가 되었다. 그런 나에게 안데르센이 태어난 동화의 나라와 일하고 그곳을 간다는 것은 정말 특별한 일이었다. 동화 속 삽화에서나 봐오던 집들을 직접 보는 것, 동화 속 주인공이 거닐었던 길을 똑같이 걸어보는 것, 그들이 먹었던 음식을 실제로 먹어 보는 것, 무엇 하나 가슴 뛰지 않는 일이 없다. "동화 속 나라 같아요!"라고 외치는 여행자들을 물끄러미 바라보는 무덤덤한 덴마크인들도 만난다. 나에게는 동화 속 나라이지만 그들에게는 매일 만나는 현실일 뿐이다. 나에게 덴마크가 동화 속 판타지라면 그들에

겐 우리의 전통 음악과 문화가 감격과 탄성을 부르는 타인의 유산이
다. 그렇다면 가끔은 주어진 환경을 이방인의 시각으로, 경탄하며 바
라보는 것도 나쁘지 않다. 여행자의 시선으로 보면, 살아가는 것 자체
가 여행을 떠나온 것 같고, 늘 보던 것도 다른 시각으로 보게 될 테니
말이다.

　북유럽 사람들, 하면 바이킹을 생각하는 사람들이 많다. 한참을 올
려다봐야 하는 키가 큰 여자들과 건강한 신체가 빛나는 씩씩한 남자
들을 보면 튼튼한 바이킹의 후예답다. 한 번은 덴마크 회사 사람들
과 수산전시회 참가 차 부산으로 출장을 간 적이 있었는데, 공교롭게
도 그날이 내 생일이었다. 수산업에 종사하는 키 190cm는 족히 넘는
바이킹 사장님들 대여섯 명이 라운지에서, 알 수 없는 그들의 언어로
호텔이 떠나가라 우렁차게 불러준 생일 축하노래는 정말이지 진정한
바이킹의 후예다웠다. 바다 사람들의 씩씩함이란! 거인들의 합창을
듣고 있던 나는 마치 엄지 공주라도 된 듯한 기분이 들었다. 그런데
더 재미있었던 건, 갑자기 거대한 아저씨들이 꼬물꼬물 콩알만한 진
주 귀걸이를 꺼내더니 그날 수산 전시회를 다 뒤져서 찾아낸 선물이
라며 나에게 주는 것이었다. 진주가 수산물이라는 걸 처음으로 깨달
았던 날, 바이킹의 용맹함과 콩알만한 진주 알의 자상함이 뒤섞여 모
두 함께 폭소를 터뜨렸다. 의외로 내가 만난 덴마크 사람들은 온유한
기질의 사람들이 많았다. 부모님이 바이킹이라고 자식까지 바이킹이
라는 법은 없다. 오히려 기질 면에서는 안데르센의 후예에 더 가깝다

는 생각을 한다. 그들의 스토리텔링 문화와 자부심은 여전히 보이지 않게 이어지고 있으니 말이다.

안데르센이 가장 크게 공헌한 것은 전 세계 사람들에게 자신의 존재가치를 깨닫고, 결코 호락호락하지 않은 현재 상황을 버텨나갈 힘을 준 것이 아닐까 생각한다. 작가 자신의 힘들고 슬픈 상황을 멋진 스토리로 만들어 아름답게 승화시켰던, 삶의 어두운 그늘을 긍정적으로 변화시키는 능력은 수많은 작품들 속에서 빛을 발했다. 그 중 백미는 자신이 백조인 것을 모르고 평생을 살다가 수면에서 자신의 진정한 모습을 발견하는 오리의 반전이다. 어른이 되어서 읽으니 더욱 소름이 돋을 만큼 자신감을 주는 대목이다. 수많은 학교와 직장 그리고 가정에서, 날아오르는 백조를 꿈꾸는 미운 아기 오리들이 아직도 많고 앞으로도 많을 테니, 시간이 흘러도 그의 영향력은 줄어들지 않을 것이다.

인어공주와의
재회

덴마크 사람들과 미팅을 하거나 회의를 할 때 꼭 하는 말들이 있다. 'Think out of box!' 상자 안에서만 생각하지 말고 상자 밖으로 나가 창조적으로 생각해보자는 이야기다. 갇혀있는 인생에서 모든 가능성이 열린 인생으로, 그리고 다른 이들과는 차별화되는 나만의 아이디어를 떠올리라는 주문. 작은 동네가 세상 전부인 줄 알다가 다른 세계의 사람들과 소통할 수 있게 되고, 세상으로 나아간다는 것은 나에게 상자 밖으로 향하는 첫 번째 관문이었다. 그리고 조금씩 상자 벽을 딛고 나가본다. 상자 밖으로 나가는 것은 두려운 일이지만 흥미로운 일이 기다리고 있을 것이며 인생은 다채로워질 것이다. 뚜껑을 꼭꼭 덮고 있던 세계에서 문을 열고 나가보는 것······.

코펜하겐에서 열심히 해변을 걷다 보면 유럽의 3대 허무 관광코스라는 우스갯소리의 주인공 인어공주를 만나게 된다. 안데르센이 남기고 떠났다는 이 신기한 조각이 이상하게도 나는 전혀 허무하지 않았다. 오히려 뛰어난 미술품이나 예술작품을 보았을 때 순간적으로 느낀다는 경미한 '스탕달 신드롬'을 경험하게 됐다. 사람과 물고기를 조합하다니……. 이 놀라운 상상력으로 탄생한 작품을 보는 것만으로도 말할 수 없는 기쁨을 느꼈다. 그런데 알고 보니 덴마크의 인어공주는 바닷가 조각상이나 동화 속 주인공에서 벗어나 나름대로 바쁘게 활동 중이라고 한다. 다른 나라로 옮겨져 전시도 되고, 인기 덕에 팔이나 꼬리가 훼손돼 다시 복원되는 등 수많은 기사의 주인공으로 여전히 활약하고 있는 것이다.

그렇게 나는 내 안의 인어공주와 다시 재회했다. 아주 오랫동안 잊고 있었던 창조적인 산물, 사람과 물고기를 조합한다는 말도 안 되는 상상력이 가능했다는 것을 다시 꿈꾸게 된 것이다. 창조성이란 우리가 창조될 때 이미 부여받은 속성일 텐데 꾸역꾸역 묻어놓고 산다. 상자 밖 하늘 위로 더 날아오를 수 있는데, 상자 안에 찰싹 붙어서 안도의 한숨을 쉰다. 그럴 때, 어린 시절의 창조성으로 회귀해서 그것과 다시 재회하는 시간을 가진다. 전혀 달라 보이는 것들의 조합이 새로운 것으로 탄생한다는 것을 믿고, 지금 내가 하고 있는 일들이 조합되어 분명 언젠가 제 몫을 할 거라 믿는다. 그리고 다음은 예술이 생활로 들어온 유럽 사람들처럼 먹고 사는 일 외에 예술 하나를 인생에 얹어본다. 인생은 여러 가지 재료를 얹어 샌드위치를 완성해 가는 여정이니…….

나에게 항상 영감과 도전을 주는 한 CEO는 이런 이야기를 했다.

"언젠가 그냥 내가 좋아하는 것들을 중구난방 써 본 적이 있어요. 사실 크게 연관성도 없어 보이는 단어들이에요. 그래도 내가 꿈꾸는 것, 하고 싶은 것, 좋아하는 것을 규칙 없이 적어 보았죠. 그런데 신기하게도 5년 후에 열어보니까 그 일들이 전부 다 구슬처럼 꿰어져 있는 거예요! 아무 연관도 없어 보이던 일들이 말이죠! 지금 꿈꾸고 있는 것, 하고 싶은 일들을 모두 적어 보세요. 아무런 규칙이 없어도 상관없어요. 그리고 5년 후에 열어보시면 깜짝 놀라실 걸요? 다 이루어져 있을 거니까."

물고기와 사람은 아무런 연관이 없었다. 그런데 연결되었고 인어공주가 탄생했다. 새로운 것은 그렇게 탄생한다. 인간이 할 수 있는 창조란 존재하는 것들의 융합이라는 것, 통섭의 시대에 살면서 깨닫게 된 사실들을 안데르센은 이미 200년 전에 예견했는지도 모른다. 하고 싶은 일도 많고 꿈도 많은 딸아이를 그래서 나는 야단치지 않는다. '너는 대체 하고 싶은 게 뭐 그리 많니?'라고 냉소적으로 핀잔주지도 않는다. 그건 욕심이 많은 게 아니라 꿈의 목록이 길다고 표현하면 된다. 인생이 길어졌으니 꿈은 많아도 무해하다. 아니 그것은 영원한 삶의 에너지이고 현재의 고통을 견디게 해 주는 해가 되지 않는 중독 같은 것이다.

늘 멋진 예술마케팅을 기획하며 함께 일하는 나를 감탄하게 했던 어떤 마케터가 이런 이야기를 해 준 적이 있다.

"일이 잘 풀리지 않고, 아이디어도 특별한 게 떠오르지 않는 날 밤, 시를 읽으면 갑자기 불현듯 문제의 해결책이나 아이디어가 떠오르는 때가 있어요. 둘은 사실 전혀 관련이 없는 것들인데도 이렇게 연결되기도 하는 거예요."

마케팅과 시, 그리고 문제 해결과 시는 전혀 연관성이 없어 보이는데도 완벽한 연관성을 이루기도 한다. 항상 건조하고 사무적인 말만 할 것 같았던 사람이 시를 읊거나, 영화 속 인상적인 대사를 읊조리는 모습이 굉장한 매력인 것처럼.

일본 출장을 다녀왔다는 어느 대표가 이런 이야기를 들려주었다.

"동경의 어느 라면 가게에 갔더니 너무나 인텔리로 보이는 청년이 라면 나르는 일을 하고 있는 거예요. 하찮은 일을 무시하며 대충 일하는 것이 아니라 너무나 열심히 그 일을 하고 있었어요. 바로 그거 같아요. 지금 현재에 최선을 다하는 것, 그것이야말로 진정한 감동이죠."

라면을 나르던 순간도 상자 밖으로 나가 창조의 빛을 발하는 데에 분명히 도움을 줄 것이라 믿는다. 호주에서 청소하는 아르바이트를 하며 학창시절을 보낸 대표님 이야기를 들으면, 그때 생긴 청소에 대한 통찰력으로 매장관리와 세일즈에 톡톡히 득을 봤다고 했다. 청소와 세일즈는 어울리지 않는 것 같지만, 이 세상에는 조합하지 못할 것이 없다. 내가 지금 어떤 인생의 재료를 골랐고 앞으로 그 재료들이 어떻게 바뀔지, 어떤 새로운 것을 찾게 될지 모르지만, 더 나은 나와 세상을 위해 창조적으로 사용될 거라 믿고 싶다. 그렇게 믿고 나니 집에서 설거지하는 시간마저도 고마워졌다. 아무리 작아 보이는 재료라도 꿰어 넣으면 아름다움을 만들어낸다.

크리스티아니아에
피는 꽃

　최소한의 행복을 보장하고 서로 나누며 사는 것에 대한 합의가 이루어진 나라에도 이에 동의하지 않는 사람들이 있게 마련이다. 사회에 통합되지 못하는 그들은 세금을 내지 않고 혜택을 받지 않으면 그만이라는 주의다. 덴마크는 어디든지 말쑥하고 반듯한 사람들만 보였다. 서양에서 흔히 볼 수 있는 자유로운 영혼의 사람들은 다들 어디로 갔나 했더니 '크리스티아니아'라는 지역에 공동체를 이뤄 모여서 산다고 했다. 일반적인 사람들이 누리는 것들을 포기하고 자기 방식대로 살아가기로 한 사람들, 그리고 그들을 인정하는 보통의 사람들. 이 실험적인 동네는 1971년에 생겨났다고 한다. 크리스티아니아야말로 아주 덴마크적인 발상이라고 들었는데, "As long as they are happy…" 그들이 행복하기만 하다면 다른 생각과 가치관을 인정하는 분위기다. 덴마크의 큰 도시에서부터 작은 도시까지 구석구석 다녀보았지만 홈리스(homeless)를 별로 본 적이 없었다. 바로 여기에 다 모여있어서 바깥 사회는 말끔해 보이는 걸까. 사회에 잘 적응하지 못했던 사람들, 어떤 이유에서건. 그런 약자들이 모여 있는 곳이지만 그렇다고 그것을 일반인들이 무시하거나 이상하다고 생각하지 않는 모습이 인상적이었다. 그저 자신과 다른 방식으로 살아가는 사람들이라고 생각하면 그만인 듯했다. 제법 나이가 지긋한 히피(hippie)들도 있는데, 어느 책에선가 그런 글을 보았다. 크리스티아니아에 사는 히피는 늙지 않는다고. 여전히 자유로운 생활방식으로 살아가고 있다는 뜻이다. 나이가 들었으니 보수적으로 변했다는 이야기도 없었다. 인간은 변하는 동물이지만 또 절대 변하지 않는 동물이기도 하다.

긍정적으로 이야기하면 자유로운 영혼들의 생활터전이지만 히피 분위기와 소프트 마약이 거래된다는 얘기에 나는 지레 겁을 먹었다. 하지만 그건 괜한 기우라고 덴마크 사람들은 입을 모아 이야기했다. 그저 그들의 방식으로 살아갈 뿐 위험한 일은 일어나지 않는다고. 이런저런 고민을 안고 있는 곳이기는 하지만 크리스티아니아는 이제 외국인들이 꼭 들르는 관광명소가 되었다.

특유의 향기로 분위기를 압도하는 입구에서부터 그들은 철저히 EU에 속하지 않았음을 표명한다. 출구에는 'You are now entering EU. (당신은 지금 EU의 세계로 들어가고 있습니다.)'라고 씌어있으니, 자신이 속한 사회와 자신들의 공동체를 분리해서 살아가는 그들만의 삶이 엄연히 존재하는 듯 보였다. 살아간다는 것 자체가 결코 만만치 않아 보이는 크리스티아니아에서는 그들만의 색다른 문화와 예술, 그리고 공예가 탄생한다. 척박한 조건에도 삶의 꽃을 피우고 있는 것이다. 평생 크리스티아니아에 사는 것은 아니고 살다가 다시 평범한 인간 세계(?)로 돌아오는 사람들도 있다고 하지만 독특한 공동체임은 틀림 없다. 아직도 나의 서랍 속에는 크리스티아니아의 공예가가 만든 주 얼리가 들어있다. 왠지 나와 다른 세계의 사람들, 소위 4차원의 사람 들일 것 같아 그들에게 말을 거는 것조차 주저했지만, 주얼리 벼룩시 장에서 물건을 파는 사람들은 여느 사람들과 그리 다르지 않았다.

나와 같지 않은 사람들이 이 세상에는 있다, 아니 많다. 그뿐인가. 내 안에도 융화되지 못하고 따로 노는 부분들이 있기도 하다. 사람들 과 비슷하게 살아가야 하는데, 그렇지 못하는 나의 자아들이 있다. 그 래도 실망할 건 없다. 나의 약한 부분들이 모여 있는 곳에서 꽃이 필 지도 모르기 때문이다. 그 약한 부분이 실은 창조와 휴식을 주는 부분 일 수도 있다. 그리고는 언젠가 그 약한 부분은 사람들이 나를 찾아주 는 대표적인 관광지가 될지도 모른다.

영국의 한 10대 꼬마 소년이 클래식을 좋아한다는 이유로 학교에서 왕따를 당했다는 사연을 들은 적이 있었다. 그 나이에 다른 친구들과 다르게 클래식을 좋아한다는 것은 친구들과 어울리지 못하게 하는 특이한 일이었을 테고, 그런 그는 냉소적으로 비꼬는 아이들의 먹잇 감이 되었을 것이 분명하다. 그러나 그는 시간이 흘러서 멋진 클래식 음악가가 되었을 것을 믿어 의심치 않는다. 다른 사람들이 보기에 약하고 시류에서 벗어나 보이는 부분이 오히려 자신만의 개성으로 승화될 수도 있다는 건 크리스티아니아가 나에게 가르쳐 준 지혜다.

우연히 친구를 통해 크리스티아니아에서 자란 형제 이야기를 들었다. 이제는 근사한 스튜디오 공간에서 자신만의 끼와 재능을 펼치면서 살고 있는 이 형제의 부모님은 크리스티아니아 출신이다. 히피 출신의 화가 아버지와 히피 음악가인 어머니 아래서 형제가 자랐다. 디자이너로서, 그리고 음악인으로서 창조하는 일을 경계 없이 넘나드는 이 친구들은 세계로 나가는 것 또한 두려워하지 않고 영역을 넓혀 가는 중이라고 했다. 놀라운 사실은 이들이 제대로 받은 제도화된 정규교육이란 고작 1년 남짓이며, 그랬기 때문에 남다른 창조성과 색다른 문제 해결 방식으로 자신들의 특별함을 어필할 수 있었다고 했다. 학교 간판이 중요하지 않다고 스스로 정의를 내리면서 신나고 열정적으로 살아가는 사람들. 실제로 그들의 대학진학률은 아주 놀랄 만큼 낮다. 그리고 자신이 학교를 1년밖에 다니지 않았다는 것도 그다지 숨길 만한 일이 아니다. 독학으로 그 자리까지 갔다는데, 누가 뭐라고 할까! 교육의 혜택을 입지 않고 그렇게 스스로 할 수 있었다는 건, 정말 대단한 재능과 노력의 소유자가 아닌가! 나와 비슷한 또래의 이 요하네스 형제 이야기는 나에게 신선한 충격을 주었고, 같은 시대에 이렇게 다르게 자랄 수 있다는 것이 신기하기 그지없었다. 내가 봤던 보통의 공동체와는 전혀 달랐던 곳, 도무지 덴마크답지 않으나 가장 덴마크적인, 아이러니한 동네 크리스티아니아를 떠나면서 여러 가지 생각에 잠겼다.

추운 나라의
따뜻한 사람들

　어느 나라든 방문하기 전 가지고 있는 고정관념들이 있다. 나는 왠지 북유럽은 추운 나라라서 사람들도 차갑지 않을까 생각했었다. 나는 추운 나라에 가면 항상 따끈한 찌개와 국물 생각이 나는데, 그들은 먹는 것도 차가운 오픈 샌드위치니 차가운 것에 익숙한 나라 같다. 그런데 나는 이 차가운 나라에서 의외로 따뜻한 사람들을 많이 만나게 되었다. 그것은 마치 따뜻한 파이와 아이스크림을 같이 먹는 'A la mode(아라모드)'처럼 공존하는 것이었다. 우리는 서로 다른 모국어를 가지고 있으니, 각자의 모국어로 이야기하면 서로가 이방인 같은데 다행히 영어라는 중립어가 있어 생각도, 마음도 나눌 수 있었다. 각각의 분야에서 다른 방법으로 나에게 영감과 가르침을 주었던 사람들, 그래서 삶의 현장은 그 자체로 학교이고 만나는 사람들은 모두 스승이 된다.

　일 덕분에 나는 감성 디자인 마케터들을 많이 만나게 되었다. 딱딱

한 오피스에서 사무적인 대화가 일상이던 나는 그들의 감성적인 이메일 한 통에도 감동했다.

'일하느라 수고했으니 오늘 저녁은 아이들과 즐거운 시간을 보내도록 해요. 비 내리는 코펜하겐에서 OO가'

'와, 어떻게 이렇게 감동적인 리포트를 보내줄 수 있어요?'

이런 메일을 받을 때는 잠자고 있던 나의 감성에 단비가 내리는 듯한 느낌들이었다. '숫자와 시장 이야기가 잔뜩 적힌 리포트가 뭐 그리 감동적 일 수 있담.' 하고 생각하면서도 나는 마치 음악을 들으며 감동하듯, 아주 오래전 러브레터를 받은 순간처럼 행복에 빠져 들었다.

덴마크에서 침구를 수입하는 한 기업인은 이런 이야기를 들려주었다.

"처음 파트너 미팅을 위해서 덴마크에 갔을 때예요. 이불을 꼼꼼히 들여다보고 있는데, 거위털 하나가 삐죽 튀어나와 있지 뭐예요. 불량품인지, 제작 기술에 문제가 없는지 열심히 살펴보고 있는 중이었는데 말이죠. 그런데 난데없이 사장님이 이렇게 말씀하시는 거예요. '어머, 이 털 하나가 왜 삐져나왔지? 농장에서 거위들끼리 싸움이 난 게 분명해. 그렇지 않으면 털이 이렇게 반역을 일으킬 리가 없잖아? 나 아무래도 농장에 좀 가 봐야겠어.'라고 하면서 정말 일어날 기세로 옆에 있던 동료에게 이야기하는 거예요. 그 순간 너무 황당하면서도 재미있고, 무슨 동화 속에 나오는 일이라도 된 것처럼 우스워서 따지지도 못하고 이 회사를 더욱 사랑하게 되고 말았죠."

이것은 스토리의 힘인가? 아니면 스토리를 뛰어넘는 순수한 마음을 그대로 간직한 인간의 힘인가?

언젠가 봤던 연극에서 실패한 사업가가 소리쳤던 대사가 기억난다.

"너는 어른이 되지 마라! 세상에서 가장 추한 동물이 바로 '어른'이라는 동물이니까."

'어른'이라는 단어가 가지는 양면성을 생각하게 했다. 어른이 되지 않을 때 오히려 성공하는 일도 있다. 세월의 깊은 성숙함과 어린아이의 순수함을 동시에 지닌 사람들을 만나는 것, 무척이나 소중한 행복이다.

리나는 내가 나이가 들었을 때 되고 싶은 바로 그런 모습의 사람이었다. 짧은 은발을 흩날리며 나이와 상관없이 귀여운 미소를 가진 그녀는 자선활동을 열심히 했다. 그런 그녀를 두고 그녀의 남편에게 한마디 던졌다.

"당신은 저런 귀여운 아내를 만났으니 얼마나 행운아인가요?"

그랬더니 이런 대답이 돌아온다.

"아내가 귀엽기만 한 거 같아요? 현명하기까지 하답니다. 허허."

이렇게 서로를 존중하고 격려해주는 부부들을 만날 기회가 꽤 있었다. 많은 부부가 중도에 그 관계를 포기하고 마는 일이 허다한 현실에서 나에게 꿈을 주는 부부였다. 나도 백발이 되었을 때 남편에게 그런 이야기를 들을 수 있을까?

도릿의 이메일은 언제나 감사와 따뜻함이 가득 배어 있다. 내가 당연히 해야 할 일을 하고 있음에도 그녀는 얼마나 나의 도움에 감사하는지, 그것이 얼마나 자신의 수고를 덜어주는지, 얼마나 중요한 가치를 자신의 회사에 전달해 주고 있는지 상세하게 써 주었다. 우리는 비록 이메일을 주고받으며 글로만 만난 사람들이었지만, 마치 실제로 만났던 사람인 양 함께 일할 수 있어서 정말 큰 기쁨이었다는 이야기 또한 잊지 않았다. 나도 도릿처럼 매일 만나는 사람들에게 감사한 마음을 가지고 살고 싶었다. 이렇게 배울 점이 많은 사람과의 만남은 나의 열정에 불을 지펴주었고 매일 쳇바퀴처럼 돌아가는 직장생활 속에서 어떤 태도를 지녀야 하는지를 자연스레 알려주었다. 나의 가정생활에도, 직장생활에도 지대한 영향을 미쳤던 새로운 나라 사람들과의 만남으로 내가 딛고 있는 터전은 더욱 건강해져 갔다. 변화는 항상 두려움을 동반하지만, 잊지 말아야 할 것은 어느 곳이든 내가 만날 따뜻한 사람들이 반드시 존재한다는 사실이다.

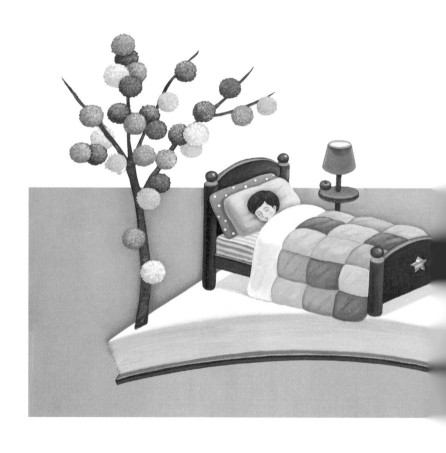

삶의 시소,
그 중심에 서다

빵 하나를 접시에 올렸다면 그 다음은 토핑을 균형 있게 올려놓아야 한다. 한쪽으로 너무 치우치면 재료들은 이내 쏟아지고 만다. 풍성한 듯 먹음직스럽게, 그러나 욕심내지 않고 균형을 맞추는 일은 생각보다 어렵다. 살아가면서 생각이나 시선이 한쪽으로 치우치게 될 때마다 시선을 중심에 두고 속도를 조절하며 샌드위치를 만들고자 한다. 한쪽으로만 달려가다 보면 삶이라는 시소는 균형 감각을 잃고 기울어 버리기 일쑤니까.

평평하게
마주보기

어느 곳을 거닐어도 덴마크는 참 평평하다. 서울에서 살던 동네가 대부분 산을 끼고 있는 지형이어서 비탈길에 익숙한 나는, 그곳에 도착하면 갑자기 납작한 세상에 온 듯한 느낌을 받는다. 언젠가 코펜하겐에 있는 식물원을 방문한 적이 있는데, 아주 조금 봉긋한 곳에 서 있었더니 함께 방문했던 친구가,

"너 지금 우리나라에서 가장 높은 곳에 올라가 있는 거 알지?"라며 농담을 건넸다.

그만큼 높은 지대가 없어 가장 높은 지점이 해발 173m라고 하니, 이건 산이라고 불러야 할지 뒷동산이라고 불러야 할지 모를 정도다.

사람도 지형을 닮아갈까? 평평한 나라는 비교적 평평한, 수평적인 사회구조를 가진 듯했다. 지위의 높고 낮음이 존재하지 않는 나라는 없지만, 폐쇄적이거나 권위적이지 않아 그 힘의 거리가 짧게 느껴진다고 할까. 언젠가 여왕이 사는 아말리엔보그 궁전 근처에 있는 카페

에 들른 적이 있었는데, 그 곳 사람들에게 여왕은 매우 친숙한 사람인 듯했다.

"그녀요? 우리 옆 동네 사는 이웃이에요."

이렇듯 왕권에 대한 예의와 존중은 갖되 누구라도 자신의 의견을 말하고, 지위의 높고 낮음에 크게 주눅 들어 하지 않으니 의사결정도 상당히 빠른 편이다. 아래에서부터 위로 올라가면서 걸리는 시간을 최소화하고 불필요한 거품을 줄이는 것을 더 선호한다.

그래서 두 나라 사이에서 일하다 보면 이런 일을 겪는다. 한국 사람들은 주로 빠른 것을 좋아해서 이메일에 대한 답변이 금방 오지 않으면 기다리지 못하는 편이고, 일을 진행할 때에도 아주 촉박한 시간 내에 처리하는 일이 많다. 그러나 정작 뭔가 결정해야 하는 순간에는 지연되는 경우가 있다. 아직 부장님 선에서 올라가지 않았고, 이사님 선에서 검토 중이고, 사장님께서 아직 안 보셨다는 이유다. 반면 북유럽 사람들은 기본적으로 좀 느긋하다. 이메일 답변도 며칠 걸려 도착하는 게 다반사고, 어떤 프로젝트를 진행하거나 약속을 잡으려면 아주 오래전부터 준비해야 한다. 그러나 정작 의사결정 시기가 되면 아주 재빠르다. 신입사원부터 사장님까지 한데 모여 함께 이야기하고 결정을 내리면 끝~.

한 기업가를 만나 이런 이야기도 나눈 적이 있다.

"덴마크와 한국의 가장 다른 부분이 어떤 걸까요?"라는 나의 질문에 그는 이렇게 대답했다. "글쎄요, 한국은 다소 수직적(vertical)이고 덴마크는 다소 수평적(horizontal)이라는 것? 우리도 그런 시절이 있긴 했지만 이제 우리는 평평한 사회(flat society)를 지향하죠.”

　그런 사회를 '지향'한다지만 실제로 완벽하게 수평적일 수는 없다. 어느 조직에서나 서열은 존재하고, 힘의 크기는 다르다. 각기 다른 나라에서 모인 20여 명의 동료들과 교육을 받는 자리에서 선생님은 이런 질문을 했다.

“혹시, 자기 나라에서는 불평등이나 차별이 전혀 없다, 이런 사람 계신가요?”

　모두 다 함께 폭소를 터뜨리며 웃었다. 우리는 모두 답을 알고 있었기 때문이다. 다만 덴마크 사람들은 그 정도가 조금 약하기에 나처럼 작은, 대단한 지위를 가지지 않은 여자도 유수의 기업 대표나 높은 정치인들을 만날 때에 별로 위화감을 느끼지 않는다. 그래서 함께 일하기에 훨씬 수월한 분위기가 조성되지만 같은 이유로 재미있는 에피소드가 생기기도 한다. 덴마크 사람들이 우리나라의 저명인사나 높은 사람과 미팅을 하는 것을 쉬운 일로 생각하는 일이 종종 발생하는 것이다. 예를 들면 이렇다.

“우리 회사는 빌딩에 아주 훌륭한 자재를 제조하는 회사입니다. 이걸 한국의 K기업에 한번 보여 드리고 싶은데 회장님과 시간 약속이 될까요?”

　불가능하다는 답변과 함께 자재구매과와 이야기하는 게 어떻겠냐는 조언을 하면 이런 이야기가 돌아오기도 한다.

“안 된다면 부회장님도 괜찮습니다.”

사람은 정말 한 사람도 빼놓지 않고 모두 귀하게 태어났는데, 사람들은 세상을 높낮이로 나누고 사람도 그렇게 구분하는 것을 즐긴다. 내가 있는 곳은 서로 직함을 부르는 문화인 데에 반해, 지구 다른 편에서는 직함은 명함 안에만 존재하는 것이고, 자신이 하는 일의 종류를 나타내는 용도로만 사용되는 듯하다. 직함은 명함 안에 두고 빠져나와 자유롭게 의견을 나누는 것은 가끔 창조성을 더해준다는 사실을 알게 된다. 그런 사람들에게도 재미있는 문제가 하나 있는데, 명함이 별로 큰 의미가 없고 상대방도 나와 같은 사람 그 이상도 그 이하도 아닌 관계라는 의식 탓에, 상대방에게 명함을 책상 위로 획 보내는 사람들이 종종 있는 것이다. 나의 문화에서는 상상도 할 수 없는 일이라, 덴마크 사람들이 한국인을 만나는 일을 앞두면 나는 명함 교육을 꼭 시킨다. 두 손으로 공손히 인사를 하며 명함을 드리는 연습을 하는 것이다. 이 연습을 하면 모두 무척이나 재미있어 한다. 평소에 별로 해 보지 않던 일이라.

자신보다 높은 직급의 사람과 직급을 계속 부르면서 이야기하면 할 말보다 못 할 말이 더 많이 생긴다. 하지만 직급은 명함 안에 두고 이름을, 진짜 그 사람의 이름을 부르면 갑자기 수직으로 구성된 관계가 수평적으로 변하면서 창의적인 소통이 가능해지는 것을 경험하게 된다. 서양의 소통 문화에서 가능한 얘기라 완벽히 180도로 변하기는 어렵더라도, 90도와 180도 그 사이 어딘가를 찾아보면 의사결정의 시간은 단축되고 결과는 더 창조적일 것이다.

"나는 알고 있지요. 그들이 원하는 건 내가 아니라 나의 타이틀이라는 걸."

현명한 사람들이 하는 이 이야기처럼 나와 나의 사회적 포지션을 분리해서 생각하는 것!

창조적인 변화를 위한 좋은 방법이다.

느림의
미학

디지털 강국에 살던 내가 업무 차 덴마크에 도착하면 사소한 것부터 불편해지기 시작한다. 곳곳에 아직도 남아 있는 아날로그적인 면들이 어느새 디지털 라이프에 익숙해진 나를 불편하게 만드는 것이다. 나는 나 자신을 지금보다도 더 편안하게 만드는 것을 꺼리는 편이라, 이러다 영영 불편함을 참지 못하는 사람이 될까 싶어 최대한 최신 디지털 기기를 늦게 사는 슬로우 어답터다. 그런 나인데도 한국에 있다가 덴마크에 가면 타임머신을 타고 세월을 거슬러 올라간 기분이든다. 하지만 지내다 보면 그 느낌을 사랑하게 되는데, 빠르게 변해가고 혁신이 지배하는 사회에서 온 사람이 느리게 변하는 클래식한 도시에서 느끼는 카타르시스인지도 모르겠다.

한국의 IT 발전을 보고 영감을 얻기 위해 지속적으로 외국의 사절단들이 방문하는 것을 보면 마음이 정말 흐뭇하다. 그들은 우리의 빠른 커뮤니케이션 문화에 놀라고, 더욱 발전하고 있는 미래에 또 한 번

놀란다. 미래에 우리는 어떤 디지털 세계에서 살게 될 것인가를 보여 주는 방문센터에서 다 함께 놀랐다. 모든 것이 디지털 기술로 움직이는 세상. 우리 기술이 그 정도 수준에 도달해 있다는 사실이 자랑스러워 뿌듯한 마음으로 나오는 길에 한 사람이 나에게 물었다.

"그런데 저런 세상에 살게 되면 당신은 과연 행복하다고 느낄 것 같나요?"

성장을 따라가다가 잠시 나를 잊은 순간, 그 질문은 고마운 파문이 됐다. 그래서 나는 기술에 따뜻한 체온을 입히기 위해 노력하는 분들이 참 고맙다.

덴마크 같은 작은 나라의 이점은 가장 큰 도시라 일컬어지는 수도 코펜하겐에 살면서도 고즈넉한 전원생활이 가능하다는 사실이다. 도시 중심에서 한적한 정원과 굴뚝이 있는 집을 만나는 데 차나 자전거로 30~40분이면 가능하다. 교육 때문에 오늘날에도 '맹모삼천지교 (孟母三遷之敎)'를 실천하기 바쁜 우리와 달리, 주거지는 자신에게 정말 안식처가 되는 곳으로 정하기 때문에 도심에서 벗어난 곳을 선호한다. 그러니 무엇을 해도 그리 바쁘지 않고 여유 있게 처리하는 사람들을 만나게 된다. 복잡한 서울 도심에서는 교통체증 때문에 비즈니스 미팅도 하루에 두세 건이면 최대치지만 코펜하겐에서는 하루에 일곱 개까지도 소화해 본 적이 있다. 하루 24시간이 왜 이리 늘어났는지 기쁠 뿐이다.

세계의 여러 대도시에서 온 친구들이 자신의 삶을 짧게 줄이고 싶지 않다고 했던 말이 바로 이런 의미가 아닐까? 복잡한 대도시는 인생의 길이를 축지법 쓰듯 단축시켜버린다. 때문에 여유롭게 시간을 활용할 수 있는 곳에서 만난 잠깐의 인생에 사람들은 감격한다.

덴마크에서는 누구나 자전거를 탄다. 진정한 그들의 교통수단이다. 덴마크에 다녀갈 때마다 한국에 돌아가면 꼭 자전거를 타고 장을 보러 가리라 마음 먹는데, 인프라의 장벽에 부딪혀 아직 한 번도 해 보지 못했다. 멋진 수트를 입고 자전거를 타는 신사, 스커트에 힐을 신고 자전거를 타는 아가씨는 어디서나 볼 수 있는 풍경이다. 추운 날씨가 대부분인데도 불구하고 그들은 완전 무장을 하고 아무렇지도 않게 자전거를 타고 다닌다. 자전거 도로인지 모르고 뻔뻔하게 걸어가다가 지적을 당한 적도 한두 번이 아니다. 작은 마차에 아이들을 태우고 출근하는 워킹맘도 있고, 학생이든 의사든 국회의원이든 장관이든 모두가 자전거를 탄다. 대도시에 살면서 가장 힘든 것 중 하나가 바로 교통문제다. 아주 가까운 곳을 가는 데도 교통체증은 나의 귀한 시간을 모두 갉아먹으니 말이다. 삶을 하릴없이 단축시켜버린다. 우리도 자전거로 날렵하게 다닐 수 있다면, 커다란 자동차가 아니라 작은 자전거 한 대로 만족할 수 있는 넉넉한 정신세계가 구축된다면, 지구도 살리고 다이어트에도 기여하고 인생을 조금 더 늘여볼 수 있을 텐데.
서울처럼 큰 도시에 살면서 쉽지는 않은 일이지만, 여전히 나는 기대한다.

자전거로 출근하고 장을 보러 가는 그 날을.

단지 거대하고 바쁜 도시 속에 사는 것만으로도 우리는 많은 스트레스 속에 놓이게 된다. 그러나 도시 속에 사는 것만으로도 모자라 그 중에서도 특정 지역에 꼭 몰려 살기를 바란다. 좋은 대학을 보내준다는 소문이 난 학교 앞, 학원 앞 그곳으로 계속 가족의 인생을 내몬다. 자연이 주는 위로나 가족들과의 대화 시간을 버리면서까지 이상하게도 우리는 빽빽하게 자리한 학원가를 사랑한다. 아니 그걸 바라보면서 그저 안정을 찾는 것 같다. 그 옆에 있으면 우리 아이들이 좋은 대학에 들어가 줄 것만 같아서. 그러다가 다른 생각을 가진 북유럽 사람들을 만나고 오면 그런 내가 이상하게 느껴지고 주변 사람들도 측은해진다. 휴가도 없이 아등바등 일하며 어떻게든 그 좁은 구멍을 뚫겠다고 살아가는 우리와 우리 아이들을 위로하고 싶은 마음 말이다.

그래서 다시 돌아온 나의 큰 도시에서 내가 적용해 보는 방법은 생활반경을 최대한 가까운 곳에 위치하게 두고 시간을 버는 일이다. 그리고 도시 안에도 꼼꼼히 찾아보면 찾아낼 수 있는 자연 옆에 둥지를 트는 거다.

"덴마크에서는 모든 게 비교적 가까워요. 내가 사는 곳도 그렇고. 직장과 집, 슈퍼마켓, 우체국 등 내가 다녀야 하는 모든 곳이 자전거로 5분 거리에 있지요. 그러니까 자연히 자유 시간이 많아지거든요. 그래서 가족과 함께 있을 수 있는 시간도 많죠. 여긴 어디나 푸른 잔디와 정원이 있으니까 그건 어디에 살든 누릴 수 있는 거고요."

시간을 조금 느리게 가게 하려면 바로 그 방법을 쓰면 되는 거였다. 대도시에 살고 있지만 마치 작은 도시에 사는 것처럼 동선을 줄이는 것. 특히 일하는 엄마라면 더욱 직장과 집, 아이들의 학교, 내가 가야 하는 곳의 거리를 최대한 줄이고 그 안에 자연을 둔다면 24시간을 조금 늘여볼 수 있다. 시간이 모자라 헉헉대는 워킹맘에게는 반드시 필요하다. 일상의 행동반경은 좁히고 생각의 반경은 넓히면서 살아가기!

한 번은 유틀란드(Jutland)섬에 있는 실카보그(Silkeborg)로 가는 길이었다. 유틀란드 섬은 수도에서 가장 멀리 떨어진 큰 섬인데, 인구밀도가 낮은 작은 도시들이 모여있다. 열차 안내방송은 그들의 모국어로만 나오기 때문에 낯선 도시를 가게 될 때는 정신을 바짝 차리고 표지판을 봐야 놓치지 않고 내린다. 그런데 무슨 안내방송이 나온 건지 알 수 없었지만, 안내 방송이 나오자 갑자기 사람들이 일어서고 술렁이기 시작했다. 본능적으로 뭔가 잘못되고 있다는 느낌이 들었다. 옆 사람에게 무슨 일인지 물어보니, 실카보그까지 열차가 운행할 수가 없으니 여기서 내리면 열차회사에서 택시를 불러준다는 말이라고 했다. 허둥지둥 그들을 따라 내렸다. 어딘지 알 수 없는 그 허허벌판에서 나는 열댓 명 정도의 승객들과 함께 택시를 기다렸다. 10분, 20분. 대체 얼마나 더 기다려야 택시가 온다는 걸까. 답답한 나와 달리 다른 사람들은 아무 이야기도 하지 않고, 열차회사를 비판하는 소리 하나 없이 차분히 기다리고 있었다. 삭막한 허허벌판이라 택시를 기다리는 것 외에는 뾰족한 방법도 없었지만, 도대체 언제까지 이렇게 하염없이 기다려야 하는지 물어는 봐야 할 것 같았다. 결국 내가 입을 열었다.

"온다는 택시는 대체 언제 올까요?"

인내심 고갈된 동양인의 면모를 그대로 드러내는 것 같아 조심스레 물었더니,

"곧 올 거예요. 열차회사에서 불렀다고 했으니까."

라는 대답만 돌아온다. '대체 언제? 최소한 몇 시 몇 분에 택시가 올 거라는 확답 정도는 있어야 하지 않을까?'라는 생각이 계속 들었지만, 다들 그러려니 생각하는 듯 느긋하게 기다리고 있어서 어디 호소할 데도 없었다. 조금 더 참고 기다리니 드디어 택시가 연이어 왔고 실카보그까지 안전하게 도착할 수 있었다.

그 날 우여곡절 끝에 실카보그에 도착을 하긴 했지만, 이미 너무 늦은 시간이었다. 상점들은 모두 문을 닫았고, 한적한 그곳에는 택시도, 어떤 교통수단도 도무지 보이질 않았다. 다행히 함께 내린 여학생이 내가 가야 할 호텔까지도 길을 안내해 주어 나는 끝까지 목적지에 안전하게 도착할 수 있었다. 역에 세워뒀다는 그녀의 자전거를 찾아와서는 그 자전거를 옆으로 굴리며 능숙하게 나와 함께 걸어주었다. 상당한 거리를 함께 걸었지만 바빠서 도와주지 못하겠다는 듯한 눈치는 전혀 주지 않았다. 도시에서 받아보지 못하는 이 느긋하고 따뜻한

배려에 또 한 번 감동하고 말았다.

 이후 만나게 된 다른 친구에게 이 이야기를 했더니 그 당시 이렇게 열차가 정지하는 문제가 자주 있었다고 한다. 그래서 사람들이 크게 놀라지도 않고 별로 대수롭게도 생각하지 않는 것 같다고. 한 번은 그도 열차가 정지해서 한참 동안 움직이지 않는 열차 안에 있었던 적이 있었는데, 그때도 역시 모든 사람들이 조용히 기다리고 있었다고 한다. 그런데 한 사람이 벌떡 일어나더니
"이렇게 된 것도 인연인데 우리 명함이나 서로 돌리죠?"라고 했단다. 그래서 운행 지연의 지루한 시간이 순간 생산적인 관계 맺음의 시간으로 되었다고 한다. 그런 거구나! 마음에 조바심을 없애고 느린 템포로 가다 보면 언젠가 열차는 다시 달릴 거고, 고장 나 멈춰 있는 시간도 긍정적으로 재미있게 보낼 수 있다. 꼭 빠른 속도로 달려야만 맛인가? KTX, TGV만 타다 보면 빠른 속도에 몸은 피로감만 느낄 뿐이고, 초고속만 외치다가 빛의 속도로 인생의 종착역에 이르기도 한다. 내 인생을 조금 느리게 만드는 사람이나 환경이라고 해서 가차 없이 용서 못 할 일도 없다. 그러니 인생이란 열차가 가끔 고장 나 서있거나, 도중에 택시로 갈아타야 하는 일이 생겨도 노하거나 발을 동동 구를 필요가 없다는 사실을 깨달았다. 이런 일은 종종 있는 일이며, 나를 목적지까지 데려다 준다고 약속한 열차회사를 믿고 뭔가 신나는 일을 하고 있으면 되는 거다. 기다리다 보면 낯선 곳에서 친절하게 길 안내를 해 줄 여학생도 반드시 나타날 것이다.

일과 삶의
평균대

덴마크 국민성을 소개하는 강의였다. 영국 기업의 대표인 강연자는 덴마크 사람들이 영국 사람과 다른 점을 재미있는 일화로 이야기했다.

"하루는 제가 덴마크 사람과 함께 비즈니스 미팅을 하고 있었죠. 함께 미팅하던 덴마크인은 미팅하는 도중 몇 번에 걸쳐 시간을 체크하는 거예요. 저는 그냥 시간에 민감한가 보다, 생각했지요. 그런데 갑자기 3시 반이 되니 그가 벌떡 일어나더니 아이 유치원 픽업 시간이라서 가 봐야 한다는 거예요. 아주 자랑스럽게 일어나 가더군요. 아이 유치원 픽업 시간을 계속 체크하고 있었던 거예요."

물론 강의에 재미를 더하기 위해 극적인 예를 말한 것이긴 하지만, 영국에서조차도 이런 일은 별로 없다며 껄껄 웃던 강사는 덴마크인들의 속성을 풍자한 강의를 계속 진행했다. 요지는, 덴마크인들은 자신이 아빠인 것을 일터에서도 잊지 않으며, 아빠라는 '직업'을 아주 자랑스럽게 생각한다는 거였다.

일과 삶에서 균형을 찾는 것, 그것은 그들이 말하는 삶의 질과 상당히 맞닿아 있다. 일과 소득이 없으면 결코 살아갈 수 없으나 가족과 친구들을 포기하며 일을 할 수는 없다는 사고방식이 굳건하게 깔려 있다. 우리의 직장 현실은 그것보다는 팍팍하다. 일하는 시간이 길기 때문에 가족과 함께할 수 있는 시간은 적을 수밖에 없다. 그래서 더더욱 마음의 균형을 잡아 본다. 짧은 시간을 보내는 만큼 가족이 소중하고 중요하다는 것을 강렬하게 보여줘야 하기 때문이다.

시간의 균형이 현실적으로 어렵더라도 마음의 균형을 잡으면 가족들은 그것을 느끼게 된다. 내가 만났던 사람들은 일과 삶의 균형을 무척 중요하게 생각하고, 그것을 '삶의 질'이라고 표현하며 이를 지키며 살아갈 수 있음을 자랑스러워 했다. '삶의 질', 그들이 참 자주 말하는 단어다. 돈을 많이 벌어들이거나 명예를 얻는 것보다. 삶의 질을 유지할 때 행복은 더 가까이 있다고 믿는다. 그래서인지 그들은 잊을 만하면 내게 물어봐 주었다.

"지금 넌 일과 삶의 균형을 잘 맞추고 있는 거지? 버겁지는 않은 거지?"라고.

둘째 아들을 낳고 산후 조리를 하던 중이었다. 아이가 하나일 때도 일하면서 아이를 키우는 게 쉽지 않았는데, 둘이 되고 나니 직장에 복귀할 마음이 더욱 막막해졌다. 게다가 밤에 잠을 안 자는 신생아를 돌보고 있으니 몸도 마음도 천근만근이 되어 앞으로 어떻게 인생을 꾸려가야 할지 두려움이 앞섰다. 그즈음에 덴마크 국무총리 내외가 한

국을 방문하게 됐다. 산후 조리 중이었지만, 국무총리 리셉션에는 참
석하라는 초청이 있어 오랜만에 수유복을 벗고, 리셉션이 열리는 곳
으로 갔다. 24시간 아이 울음소리만 듣다가 갑자기 나온 바깥세상이
라 얼떨떨한 상태로 와인 한 잔을 들고 사람들과 대화를 시작했다. 보
통 리셉션에선 처음 보는 사람들만 있기 마련이다. 그 중 한 여인과
대화를 시작했는데, 내가 산후 조리 중에 나왔다고 하니 자신도 아이
를 셋 키우는 엄마이자 유치원 선생님이라고 했다. 우리의 대화는 자
연스럽게 육아와 교육 이야기로 이어졌다. '이상하다. 보통 국무총
리 내외를 따라오는 대표단들은 비즈니스나 정치 대표단들인데 유치
원 선생님이라?' 이번엔 교육 대표단도 대동했나 싶었다. 대화를 점
점 하다 보니 뭔가가 이상했다. '아, 이 분이 바로 국무총리의 부인?'
괜스레 옷매무새라도 좀 가다듬어야지 싶었지만 그녀는 아무렇지 않
게 계속 대화를 이어나갔다. 세 아이의 엄마이자 유치원 교사라고 자
신을 소개한 그녀는, 가끔 남편의 외유가 있을 때는 자신을 대신하는
교사가 있으니 무리는 없다고 했다. 아이 둘과 함께 직장 생활을 다시
할 생각에 두렵기만 하던 나에게 그녀는 아이 셋을 키웠고, 일도 하며
국무총리인 남편의 부인 역할도 하는 자신도 있는데 무슨 걱정이냐
며 용기를 주었다. 생각해 보니 나는 아이가 셋도 아니고 달랑 둘인데
다 남편이 국무총리도 아니라 따라다닐 외유도 없다. 터질 듯한 풍선
처럼 가득했던 고민이 바람처럼 쉭 빠져나가는 순간이었다.

격려가 힘은 되었지만 나와 마주한 현실은 결코 녹록하지 않았다.

지방 출장과 해외 출장이 잦아 도와줄 시간이 거의 없는 남편, 일하는 엄마에게 턱없이 엉성했던 주변 시스템, 나에게 주어진 양쪽의 일, 아이들의 무게, 그 속에서 나에게 유일한 배려가 있었다면 여자가 일하는 것을 지지해 주고 어떤 일이 있어도 양쪽을 포기하지 않고 나아갈 수 있게 도와준 동료들이었다. 그것만으로 그 시간은 나에게 축복으로 기억된다. 대부분의 여성이 워킹맘인 덴마크는 아이가 태어남과 동시에 돌봐줄 기관과 개인 보모가 보장이 된다는 이야기를 들으니 부럽기 그지없었다. 결국 하루하루 버티기가 힘들었지만 일을 놓고 싶지는 않은 솔직한 심정을 주변에 토로하고 그들에게 조언을 구했다.

"당신이 아이들에게 돌아가면 아이들은 무척 행복하겠지요. 하지만 당신 자신의 성장은 어떻게 하나요?"라고 하며 함께 나의 성장을 고민해 주었던 사람들이 있었기에 나는 많은 덴마크 엄마들이 선택한다는 '일하는 시간을 조금 줄이는 해법'을 선택하게 되었다.

"내 아내라면 어떠한 상황에서도 자기 일을 포기하지 않을 거예요." 라고 이야기했던 스벤의 이야기처럼, 덴마크 여성들은 자신의 영역을 구축하며 살아가는 듯하다. 아직 덴마크도 여성들이 리더가 되는 비율이 상대적으로 낮긴 하지만, 덴마크는 사회학적으로 여성성이 있는 사회(feminine society)로 분류된다고 한다. 여성의 부드러운 가치, 그것이 세상에 더 많이 녹아든 세상을 기대한다고 했던 한 친구의 이야기가 생각난다. 그는 여성들의 터치가 있을 때, 사람을 지배하는 것이 아니라 안아 주는 세상이 될 것이고, 상처로 얼룩지는 것이 아니라 있던 상처도 싸매지는 세상이 될 것이라고 이야기했다. 가정과 일 사이에서 고군분투하는 나를 격려해 주기 위한 말이었지만, 다시 한 번 힘겨운 발을 내딛는 큰 힘이 되었다.

덴마크 여성들의 사회참여율이 왜 그렇게 높은지 실상을 들여다보면 그들도 돈을 벌어야 적정한 삶의 질에 도달하기 때문이라고 했다. 아이들의 학비도 무료이고, 끊임없이 들어가는 사교육비도 없으며 아파도 무료로 치료를 받을 수 있다는 나라에서 뭐 그리 들어가는 돈이 많을까 싶었다. 사실 덴마크 사람들은 외식 한 번 변변히 하는 일이 없다고 한다. 외식하는 날은 아주 특별한 날이라고. 젊은 대학생들마저도 집에서 친구들과 저녁 식사를 하고 1차로 맥주를 조금 마시다가 클럽으로 향하는 나라다. 그게 다들 아주 익숙하다고 한다. 그 추운 겨울날에도 아이 둘을 자전거 앞 수레에 싣고 아침 일찍 자전거 페달을 열심히 밟아 출근하는 여성들을 보면 그래도 내 처지가 낫다 싶기도 할 만큼 도시의 삶은 비싼 대가를 지불하게 한다. 어린 둘째 아이를 어린이집에 맡기고 출근할 무렵, 괜히 이런저런 죄책감과 걱정으로 머리가 천근만근 무거운 내게 아이작은 단호하게 말했다.

"나도 6개월부터 돌봄 센터에서 컸어. 나 그렇게 이상하게 자랐니? 후후. 나는 평생 일하는 엄마 아래서 자랐지만 행복했는걸. 마음의 짐을 버려. 그 정도면 온 힘을 다하고 있는 거잖아."

일하는 엄마는 아이가 조금 뒤떨어지는 것 같거나, 부정적인 증상을 조금만 보여도 나 때문이 아닐까 조마조마하다. 아이와 함께 있는 시간이 많지 않아서, 혹은 너무 일찍 부모와 떨어지는 연습을 해서 그러는 게 아닐까 하는 추측만 이어진다. 그때도 나이 지긋한 동료들은 이렇게 이야기해 주었다.

"일하는 엄마들에게 전체적으로 죄책감을 주는 사회가 되어서는 여성들이 아무것도 할 수 없지요. 누구도 완벽한 유년기를 가질 수는 없어요. 아이가 엄마의 사랑에 대한 철저한 신뢰만 있다면 어떤 부정적인 일도 일어나지 않아요."

어떤 육아서를 들여다보고 있는 것보다 이 사람들의 신념은 나를 다시 강하게 만들어 주었다.

전 세계에서 모인 동료들과 교육을 마치고 성대한 파티가 있었다. 덴마크의 옛 증권거래소로 쓰였다는 장소에서 열린 파티는 중세 유럽으로 거슬러간 기분이 들게 했다. 우아한 파티 분위기와 달리, 나와 내 옆에 앉았던 덴마크 워킹맘과의 대화는 치열한 현실이었다. 아이 둘을 키우고 있는 엄마이면서 직장생활에 MBA공부까지 하고 있다는 그녀.

"정말 힘들겠어요. 어떻게 그게 가능하죠? 아이들은 누가 어떻게 봐 주는 거고요?"

내가 물었더니 그녀는 여유롭게 대답했다.

"음. 나는 커뮤니티 아파트에 살고 있어요. 그래서 아파트 주민 전체가 공동육아를 하지요. 식사도 함께하고. 그러니 내가 늦게 들어가도 아이들은 다른 집 아이들과 놀이센터에서 즐겁게 놀고 있고, 식사도 신경 쓸 필요가 없어요. 식사 준비 당번이 있는데 내 차례는 한 달에 한 번 꼴로 돌아오니까 그 날만 전체 공동체를 위해서 요리를 하면 되는 거거든요."

아, 그래서 가능한 거였다. 덴마크에서는 할머니가 손주들을 전담해서 돌보거나 보모나 도우미의 손을 빌리는 일이 거의 없는데 바로 이런 방법이 존재하기 때문이었다. 흔한 방법은 아니지만 어떻게든 엄마도 출산 이후에 자신의 삶을 영위하기 위해 갖가지 방법을 동원하고 있는 것이다.

주부로서 가족을 지지해 주며 살아가는 삶이나 일하는 엄마로서 양쪽을 챙기며 살아가는 삶 모두 눈물 나게 아름답다. 나와 가족, 일과 삶, 두 개의 공이 어느 순간에도 바닥으로 떨어지지 않게 저글링을 하며 살아가는 것이 만만치 않다는 걸 누구보다 잘 알기에, 그 자갈길을 걸어가고 있는 모든 이들의 등을 토닥여 주고 싶다.

삶의 밸런스를 위한
그들만의 팁

　그동안 내가 만난 덴마크 아빠들은 모두 저마다 마음의 균형을 맞추고 있는 듯했다. 라스는 주로 그의 상사가 출장을 담당해 한국에 자주 오는 편이 아니다. 그가 한국에 출장 오는 것은 아주 드문 일이었는데, 한국에서 함께 점심을 하게 된 자리에서 그는 그날 저녁에 쇼핑할 수 있는 곳을 추천해 달라고 했다. 일정이 너무 빠듯한 것 같아 물었다.

　"한국에 자주 오는 것도 아닌데 하루쯤 더 시간을 내서 쇼핑도 하고 서울도 구경하면 좋을 텐데……."

　대뜸 이런 대답이 돌아왔다.

　"데비 알잖아요. 난 아빠거든요."

　그리고 그의 눈빛은 이런 이야기를 하고 있었다.

　'그래서 난 집에 최대한 빨리 돌아가야만 해요.'

　몰튼은 아내를 무척 사랑하는 남자다. 쿠키 회사에서 일하다가 아내를 만났다고 했다. 그는 아내가 정말 하고 싶었던 그림을 다시 시작하게 된 것을 너무나 기뻐하며, 적극 응원하고, 홍보도 마다하지 않는 남자였다. 한번은 그의 집에 초대되어 간 적이 있었는데, 유틀랜드의 아주 작은 도시 바일레(Vejle)에 있는 천장이 낮은 집은 아기자기하게 느껴졌다. 그리고 그의 아내는 그를 쏙 빼닮은 사랑스러운 여자였다. 그는 마중 나온 기차역에서부터 아내 이야기를 시작해 다시 우리를 기차역으로 데려다 줄 때까지 자신이 얼마나 아내를 사랑하는지 끊임없이 이야기했다. 우리는 그의 집 부엌에서 비즈니스 미팅을 했고 분명 비즈니스 리포트도 작성했지만, 내게는 그의 가족에게 진한 감동을 느낀 날로 기억한다. 그는 집에 늦어도 6시까지는 들어오려고 노력한다고 했다. 이유는?

"내가 자주 6시 넘어서 집에 들어간다고 가정해 봐요. 만약 내 아내가 이혼 사유로 그걸 거론한다고 해도 난 반박할 말이 전혀 없을 거예요."

나에게는 너무나 생소한 그의 이야기에, 그만 깜짝 놀라고 말았다.

헨릭은 전 세계를 돌아다니는 1인 기업이다. 특히 아시아 시장에 정통한 사람이라 지구 반 바퀴를 돌아서 아시아와 유럽 사이를 밥 먹듯이 다니는 사람이기도 하다. 그래서 그는 호텔 마일리지를 꼼꼼히 모은다. 글로벌 체인을 가진 한 호텔을 열심히 이용해서 1년에 한 번 온 가족이 그 호텔에서 공짜로 멋진 휴가를 보낼 수 있도록 마일리지를 모으는 것이다. 오랫동안 떨어져 있어야 하는 아빠를 둔 가족에게 어떤 방법으로 시원하게 보상할 수 있을지에 대해 매일 궁리하며, 그 방법을 나에게도 소소하게 알려주곤 했다. 함께 있어 줄 시간이 턱없이 모자란 아빠지만 매일 가족들에게 어떤 보상을 할지 궁리하며 살고 있다는 것을 가족들은 느끼지 않을까.

알랜은 똑똑한 부인을 둔 남자다. 내가 보기엔 알랜도 아주 훌륭한 한 기업의 부사장인데도 불구하고 자기 부인이 얼마나 훌륭한지 끊임없이 이야기한다. 멘사(전 세계 IQ 148 이상의 고지능자 모임) 회원인 부인과 멘사 회원이 아닌 자신의 시시콜콜하고도 재미있는 이야기를 들려주는 것이다. 세 살 난 딸이 벌써 셈을 하기 시작하는 건 아마도 엄마를 닮아서인 것 같다나. 이 남자는 금요일마다 부인과 미팅 시간을 가진다.

"아… 결혼생활이 너무 비즈니스 같은데요?"라고 했더니 이런 이야기를 들려주었다.

"함께 가계부 정리하기, 다음 주 메뉴를 짜서 장 볼 리스트 정하기, 운동 시간 짜기, 앞으로의 계획 수정 등을 논의하는 거예요. 가정이라는 작은 기업을 운영하기 위한 주간 미팅인데 그 시간이 아주 즐겁죠. 우리 가정의 꿈을 위해서 해야 하는 아주 중요한 시간이랍니다. 하지만 결혼을 하면 어쩔 수 없이 로맨틱한 관계는 일의 관계로 변할 수 있기 때문에, 일의 관계를 애정의 관계로 쇄신하기 위해 매주 색다른 노력도 기울여야 해요. 꽃 선물하기, 아내를 위해 근사한 요리 구상하기, 아내가 혼자만의 시간을 쓸 수 있게 배려하기 등 말이에요."

이 이야기를 하면서도 그는 계속 즐거운 표정을 지었다.

"우리 남편은 다른 건 다 해도 요리는 절대 안 하거든요."

"아, 그건 당신이 그렇게 길들이지 않았기 때문이에요. 아마 당신 잘못인 거 같은데요? 하하."

이렇게 나에게 훈수를 두기도 했다. 단출한 아파트 주민들과 함께 공동육아를 하고 있다는 그는 그래서 부인과 함께 운동할 수 있는 시간을 확보할 수 있게 된 것도 아주 중요한 일이라고 덧붙였다. 아이가 어릴 때 운동이란 꿈도 꾸기 어려운 일이라는 걸 나는 너무나 잘 알고 있다. 그 이야기를 듣고 당장 실천에 옮겨 보려고 했지만 맘처럼 잘되지 않았다. 아이들을 돌봐주는 헬스클럽이 생겨야 한다고 말로만 주장하고 있을 뿐. 공동육아를 함께 하는 주민들과 협력해서 만든 아이들 놀이터 사진도 보여주었는데, 흔히 볼 수 있는 유아 놀이터 같았지만, 그에게는 아주 특별한 것이었다. 아이디어를 짜고, 재료를 고르고, 시공하는 모든 과정에 부모들이 직접 참여해서 만든 것이니 말이다.

토번은 7살, 5살, 2살의 아이들을 둔 가장이다. 역시 일하는 아내가 있는데, 아침 출근 시간이 자기보다 빨라 아침에 아이들을 유치원과 어린이집에 보내는 일은 자신의 몫이라고 했다. 나도 역시 비슷한 나이 또래의 아이들 둘을 양쪽으로 보내고 출근을 하고 있는 터라 그 모습이 상상이 갔다. 숨이 턱턱 막히는 아침 시간에 게다가 세 아이라니. 대체 어떻게 아이들과 준비하냐고 물었다. 아이들이 울어대고 말을 듣지 않는 아수라장 속에서도 그만의 확고한 철학이 있단다.

"모든 불평과 울음은 단순히 무시하기, 그리고 무조건 8시에는 집을 나설 것! 그리고 나머지 시간에는 다정한 아빠가 되어주기!"

아침에 아이 둘을 준비시켜서 집을 나서는 일이 유난히도 숨에 차는 날이면 나는 토번 아저씨를 떠올리며 나를 위로하곤 했다.

'혼자서 셋도 등교를 시키는데 둘을 못 할까!'

야콥은 내가 만난 비즈니스맨 중에 아마도 가장 유머러스한 사람이었을 거다. 비즈니스 명함을 주고받으며 그를 처음 만난 날, 그는 나에게 다짜고짜 껄껄 웃으며 한국에 도착한 날 있었던 이야기를 실감나게 들려주었다.

"아 만나서 반가워요 데비, 이건 어젯밤에 내 호텔방에서 있었던 일인데 말이죠. 내 방에 침대가 두 개 있지 않았겠어요. 밤에 자다가 화장실을 다녀와서 다시 침대에 누우려는데 잠결에 제정신이 아니니 두 개의 침대 사이 땅바닥이 네모난 침대 모양으로 보이더라고요. 자신 있게 그 침대에 드러누웠죠. 그다음 무슨 일이 벌어졌는지 상상하실 수 있겠죠? 으하하. 정말 '쿵' 엄청난 소리를 내며 떨어졌어요. 이게 무슨 바보 같은 일이란 말입니까? 아직도 온몸이 얼얼하네요. 한국에서의 첫날밤은 잊을 수가 없을 것 같아요."

어찌나 큰 액션을 보여주면서 재미있게 이야기를 했던지 나는 처음 보는 이 사람의 유쾌한 이야기에 웃음보를 터뜨리고 말았다.

"한국 사람들은 실제로 바닥에서 잠을 자는 문화가 있는 걸요. 전혀 바보 같은 짓이 아니죠. 한국에 왔으니 한국 방식으로 제대로 하신 거네요."

하면서 그 재미있는 '쿵' 이야기가 마무리되었다. 그런데 그는 출장 중 유난히 딸에게 전화를 자주 걸었다. 또 딸아이에게 전화가 자주 걸려오기도 했고. 자기 나라말로 통화하는 거라 전혀 알아들을 수 없어서 그냥 그런가 보다 했다. '역시 이 나라 남자들은 아이들에 대해 각별하단 말이야.'라는 생각만 했다. 한번은 너무 급한데 자신의 전화가 잘되지 않는다며 나의 전화카드를 다급하게 빌려서 쓴 적이 있다. 무슨 일일까. 이 유쾌하고도 목표가 뚜렷한 아저씨의 아내는 뇌세포가 조금씩 죽어가는 희귀한 병에 걸렸다고 했다. 자신보다도 더 많은 연봉을 받던 아주 유능한 커리어우먼이었던 아내가 다른 곳도 아닌 뇌에 문제가 생겨, 어제는 요리를 할 수 없게 되고, 오늘은 운전을 할 수 없게 되는 식으로 그 기능을 점차 잃어가고 있다는 것이었다. 해외 세일즈 담당자인 그는 그래서 출장을 가게 되면, 자신의 딸과 아내가 자신이 없는 동안 먹을 음식을 요리해서 한 끼씩 포장한 후 냉동실에 넣어두고 온다고 했다. 우리나라처럼 전화만 하면 배달해 주는 서비스도 흔치 않은 나라다. 게다가 아직 아이가 어려서 그것마저도 제대로 꺼내어 준비하지 못하기 때문에 전화로 일일이 식사 때마다 알려주는 것이었다. 그 상황에서도 잃지 않는 그의 웃음은 누구보다 더 빛나 보였다. 이동하는 기차 안에서 부인 이야기를 미주알고주알 하던 그는 오후 4시면 정확히 퇴근해서 장을 보고 저녁준비를 한다고 했다. 그의 모든 상황을 다 알고 있는 동료들과 회사의 지지를 받으며. 가족과 함께 식사를 하고 아내를 돌보고 재운 다음, 회사에서 못다 한 일들을 집에서 한다고 했다. 상황을 바꿀 수 없다면, 거기서 최적의 접점을 찾아내어 인생을 운영하는 수밖에 없다고 했다. 나 또한 발을 동동 구르며 살고 있는 일하는 엄마인지라, 항상 상황이 좀 더 나은 방향으로 바뀔 수 없을까 이 탓, 저 탓을 하던 때였다. 그런 내게 그는 그냥 자신의 현재 자리에서 최적의 접점을 찾아내야 한다는 사실을 지그시 알려주었다. 그것도 아주 절망적인 상황에서조차 말이다. 마지막으로, 그는 한 술 더 뜨며 이런 이야기를 했다.

"나의 아내는 아주 희귀한 병에 걸렸기 때문에 나와 이혼하면 정부에서 훨씬 많은 돈을 받을 수 있어요. 하지만 그걸 포기하고 나와 함께하고 있는 거니까, 그녀는 정말 대단한 여자지요."

자신의 공적을 치하하기는커녕 아내를 치켜세우는 그. 이건 정말 북유럽판 순애보인 걸까.

늘 넉넉한 웃음을 띠고 주변 사람들을 편안하게 만들어주는 데에 일가견이 있었던, 전형적인 코펜하겐 말투를 쓰는 마틴은 정말이지 가정과 일의 완벽한 조화를 보여준 사람이다. 그에게 일터는 또 하나의 가족. 그래서 그에게는 일과 삶이 그저 양쪽의 가족을 조화롭게 운영하는 일 같았다. 어느 한쪽으로 너무 치우쳐 일이 어려워지거나 가족이 희생해야 하는 법 없이 모두가 행복한 상황이 되었다. 그것은 일터와 가족이 간헐적으로 충분한 소통을 거치기 때문이기도 했다. 직원회의를 하는 장소가 가끔은 집의 거실이 되기도 하고, 팀 빌딩을 하는 장소가 집의 정원이 되기도 하는 헌신을 통해서였다. 바로 그거였다. 직장 동료들도 가족으로 만들고, 내 가족 역시 더욱 소중히 대할 때 웃으면서 양쪽의 균형을 맞출 수 있게 되는 것이다. 부하 직원들이 앞에 있어도 아이의 기저귀를 가는 것을 전혀 마다치 않고, 앞치마를 두르고 점심으로 먹을 돼지고기 안심 구이를 척척 만들어내던 그는 완벽히 프로페셔널한 기업인이자 아빠였다. 그는 쉬는 주말마다 짬을 내 정원에 아이를 위한 가판대 가게를 만들었다. 빨간 색칠을 해 정성 가득한 미니 건축물은 그가 이사하면서 고아원에 기증했다고 한다. 가지고 있어야 할 때와 주고 떠날 때를 아는 그가 있기에 가족도 직원들도 여전히 최상의 행복을 맛보고 있다.

경쟁의 동의어는
협력

  경쟁 없는 곳이 세상에 있으랴마는 그것을 어떻게 받아들이며 살아가느냐는 행복에 큰 변수가 된다는 걸 아이들을 키우며 깨닫게 된다. 첫째로 딸을 낳고 둘째는 아들을 낳았다. 그랬더니 전혀 보이지 않았던 첫째 아이의 경쟁심리가 갑자기 하늘을 찌를 듯 표현되기 시작했다. 순식간에 엄마, 아빠 인생의 1순위였던 자신의 포지션이 동생에 의해 탈환되었으니 이해할 만도 했다. 무엇을 하든지 자기가 먼저 해야 한다고 우기기 시작했다. 늘 자신이 1등이어야 한다고 주장했다. 그래 봐야 경쟁자라고는 동생밖에 없는데도 한참 동안 이런 소소한 경쟁이 지속되었다. 1분 1초가 귀한 바쁜 아침 시간에 엄마가 동생 옷을 먼저 입혀 놓은 것을 보고는, 자기가 먼저 입었어야 한다고 주장해서 다시 동생의 옷을 벗겼다가 입히는 일을 했는가 하면, 신발을 먼저 신겼다고 울어서 다시 신발을 벗겼다가 누나가 신은 뒤에 두 번째로 동생의 신발을 신기는 등의 일들이 벌어졌다. 경쟁하는 삶은 피곤했다. 그동안 행복했던 큰딸 아이가 한참 동안 피곤해졌던 시기였다.

이윽고 우리는 대화를 시작했다. 꼭 1등을 해야만 행복한 것이 아니라 2등을 해도 웃을 수 있다면 아무렇지도 않은 거라고. 그리고 엄마, 아빠는 등수에 상관없이 너를 사랑한다고. 그래도 한동안 1등을 향한 큰딸 아이의 열망은 사그라지지 않았지만, 때가 되니 동생과 함께 사는 법을 배우게 되었고 지금은 누구보다도 다정한 남매가 되었다.

얼핏 보기에 덴마크는 우리나라보다 경쟁이 심하지 않은 나라인 것 같지만, 그 사회의 일원이 된다면 꼭 그렇지만도 않을 거다. 생존과 번영을 위해서 발버둥치지 않는 곳은 이 세상에 아무 데도 없으니 경쟁을 바라보는 시선, 경쟁심을 다루는 마음, 경쟁자와 함께 살아나가는 방법을 터득하는 것이 현명한 일이다. 예전에 이스라엘 동료가 해준 이야기가 기억에 남는다. 끊임없는 분쟁 속에 살아가는 그 나라에서 어떻게 생존하고 있는지를 물은 적이 있었는데 이런 대답이 돌아왔다. 단지 '총알과 함께 사는 법'을 알게 되었을 뿐이라고.

업무 차 사람들을 만나 이야기를 나누면 경쟁사 이야기를 빼놓을 수가 없다. 처음 만나는 회사를 파악할 때 글로벌 경쟁자, 자국 내의 경쟁자, 혹은 진출하고자 하는 나라 내의 경쟁자가 누구인지 알아야만 하는 것은 필수이기 때문이다. 그런데 몇몇 사람들이 말하는 방식에 독특한 공통점이 있는 것을 발견했다. '경쟁자(competitor)'라고 말하는 것을 별로 선호하지 않고 대신 반드시 이렇게 말한다. "경쟁업체라기 보다는 같은 산업에 종사하는 '동료(colleague)'라고 말하는 게

낫겠지요."라고 말이다. 미국에 있는 경쟁업체는 미국에 있는 우리 동료 회사, 일본에 있는 경쟁회사는 일본에 있는 우리 동료 회사라고 표현하는 사람들을 곳곳에서 만나게 됐다. 경쟁해서 이겨야 하는 상대로 보기보다는, 협력해서 함께 그 산업을 활성화하는 동료로서 바라보는 시선을 곳곳에서 감지할 수 있었다.

한번은 덴마크 사람들에게 물어본 적이 있다. 그곳에서 제일 좋은 대학은 어디인지, 대학의 서열은 어떻게 되는지 등에 관한 것들 말이다. 사실 덴마크에는 대학이 그리 많지도 않다. 그랬더니 서로 웅성웅성 질문한다.

"우리나라에서 제일 좋은 대학이 어디지? 우리가 대학 순위 같은 게 있나? 아니. 그런 건 없어. 자기가 가고 싶어하는 학과가 잘 되어 있는 곳으로 가면 돼요."

그래도 한국 사람들은 집요하게 묻는다.

"아니, 그래도 어디가 좋은 대학이고… 뭐 그런 게 최소한 있지 않나요?"

끝까지 그들은 대답하지 않는다. 아마 그 대답을 하는 순간 그 방 안에 모인 사람들끼리도 대학 순서로 서열이 생길 테니 대답을 하는 것도 우스운 일이라고 여길지 모른다고 생각했는데, 정말이었다. 그들에게는 수직으로 서열화된 대학이란 없다. 단지 수평으로 다양한 학과의 방향이 존재할 뿐이었다.

"코펜하겐에 있는 대학은 전부 코펜하겐 대학이라 불러요. 학과는 여러 곳에 나뉘어 있지요. 오덴세에 있는 대학은 전부 오덴세 대학교, 오후스에 있는 대학은 모두 오후스 대학교라고 합니다. 아무도 대학 간의 순위를 먼저 생각하지 않아요. 그냥 '위치'가 각각 다른 곳에 있는 대학교일 뿐이죠."

세상을 수평으로 바라보는 그들의 의식세계가 그대로 드러나는 부분이다. 그러니, 덴마크 기업들의 직원채용을 구경해 보면 특별하다. 지원자들의 지원서에는 엄청나게 쌓은 소위 말하는 스펙과 학교 이름이 줄지어 늘어서 있지만, 과연 그 지원자가 나온 학교가 어느 정도의 서열에 있는가를 물어보는 채용담당자는 한 명도 본 적이 없다. 물론 그들에게 한국의 대학 이름은 생소하고 알 리도 만무한데, 대학의 이름에서 뭔가 가치를 찾아내려는 움직임은 없다. 지금 가지고 있는 자신감과 잠재력, 토론능력과 업무에 대한 이해도, 열정 등을 보려고 할 뿐이다. 대학 이름과 스펙 쌓기에 목숨을 걸어야 했던 학창시절이 좀 억울하지 않을까 싶을 정도로.

덴마크 교육은 경쟁하는 것보다 스스로 독립적으로 생존하는 방법을 먼저 가르치고, 낙오하는 사람이 없이 함께 갈 수 있도록 돕는 것을 먼저 가르친다고 소렌은 이야기해 주었다. 경쟁 없이 살아간다는 것 자체가 불가능해 보이는 세상 속에서 그것을 껴안고 행복하게 살아가는 방법을 터득해야 한다. 그것이 피곤한 경쟁의 삶을 행복한 협력의 삶으로 바꾸는 비결일 테니까. 어쩔 수 없이 큰 경쟁에 노출되어 살면서 힘겹다고 느껴질 때 나는 이런 질문을 해 본다.

'1등을 하려고 주변 사람들을 전부 경쟁자로 만들어 살아가는 인생이 가치 있는가, 아니면 이 세상에 '내 몫'을 해내는 사람으로 살아가는 것이 의미 있는가?'

규모
증후군

덴마크에서는 혼자 거리를 걸어 다녀도 큰 위험이 느껴지지 않는다. 그건 낯선 곳에서의 아주 큰 장점 중 하나다. 나 같은 겁쟁이 아줌마도 어디서든 쉴 수 있고, 어디든 걸을 수 있다. 요즘은 아시아 국가의 음식점들도 심심치 않게 눈에 띄니, 이 나라가 드디어 아시아와 조금씩 가까워지는가 싶어 비싼 음식값을 치르고도 그저 기쁘다. 그렇다고 엄청나게 크거나 입이 떡 벌어지게 대단하게 차려놓은 볼거리들은 많지 않다. 그래서 '큰 것을 선호하는' 사람은 조금 실망할지도 모른다. 웅장하고 대단한 것에 익숙한 사람은 소박한 것을 시시하다 여길 수 있으니 말이다. 그런데 나에겐 오히려 그것이 매력이다. 그 어떤 것도 필요 이상으로 가지지 않고 차리지 않는 것, 대단한 것을 계획하다가도 결국 '덴마크식'이란, 작고 소박하게 마무리하는 것이다. 심플한 식탁, 너무나 간결한 집안 살림살이, 사람을 움츠러들게 하거나 도를 넘지 않는 건물들, 사람을 짓누르지 않는 편안한 디자인, 그리고 느긋하게 자연과 친한 사람들… 사람들은 나보다 훨씬 커다랗지만 마치 걸리버 여행기의 소인국에 온 것 마냥 작은 도시를 내 손 안에 넣고 여유를 누리다 보면 큰 도시가 뿜는 에너지보다 작은 것이 주는 편안함을 느끼게 된다.

기업들도 마찬가지로 규모가 크지 않은 중소기업들이 많다. 내가 만나 온 기업들도 대부분 작은 곳이었는데, 중소기업뿐 아니라 1인 기업들도 심심찮게 만났고, 젊은 청년들이 창업해서 글로벌화를 꾀하는 작은 회사들 또한 여럿 만나게 되었다. 조직에 속하려고 안간힘을 쓰는 것보다 일찍 제 삶의 주인이 되어 비즈니스를 대차게 해나가는 자유로운 사람들을 보면 나의 영혼마저 해방감을 맛보기도 했다. 자신의 이름 앞에 세계가 알아줄 만한 회사의 이름이 없다고 해서 주눅들지도 않고, 자신의 이름 자체가 대단한 것이 아니라 하더라도 그들은 당당하다.

닐스는 자신의 이전 직장에서 쌓은 지식과 네트워크를 가지고 1인 무역회사를 운영하는 1인 기업가이다. 확실한 미래가 보이지 않는 자신만의 브랜드를 갖는 것은 대단한 용기를 필요로 한다. 그래서 그는 불확실한 현재를 메우기 위해 자신의 시간을 60대 40으로 나누어, 60은 사업을 진행하는 데에 쓰고 40은 자신이 좋아하는 취미를 위해 쓴다. 이렇게 그는 일정 소득을 올리며 아직 불투명한 상황을 견디고 있지만, 스스로 무척이나 만족한다니 행복해 보인다.
"조직에 얽매일 필요가 없어졌잖아요. 출퇴근도 자유롭고 좋아하는 취미생활을 본격적으로 할 수 있으니 즐거워요. 세계여행을 하는 게 나의 꿈인데, 여행가이드로 세계 곳곳을 날아다닐 수 있을 뿐만 아니라 동시에 비즈니스 기회를 발견하기도 하니까 나의 취미생활과 비즈니스는 윈윈 관계라고 할 수 있지요."

그러니 내가 그들과 비즈니스 미팅을 하는 장소는 대단한 기업의 빌딩이 아닐 때가 많다. 그냥 자신의 집이자 집무실인 작은 아파트, 아니면 집의 지하실을 개조한 사무실, 그것도 아니면 뉘하운에 있는 파스텔색 지붕 아래 작은 카페.

규모가 큰 기업에 들어가야만 큰 사람이 되는지, 작은 기업을 일구더라도 주인이 되는 것이 큰 사람인지는 선택에 맡겨야 하겠지만, 작고 미천한 것을 거부하지 않으면 언젠가 더 큰 사람이 되는 것을 자주 보게 된다. 머리를 길게 내려 묶은 이 남자 사장님은 자신을 주얼리에 미친 사람이라고 소개했다. 여성을 아름답게 만들어주는 주얼리 디자인에 한 번 미치면 헤어나지 못하는 법이라며. 지금은 전 세계의 백화점에서 볼 수 있는 이 브랜드가 사실은 노점상에서 출발했다고 했다. 친구들이 주얼리 회사에 취직할 때, 자신만의 디자인으로 용감하게 노점상을 시작한 이 사장님은 함께 출발한 친구들이 주얼리 회사의 중견 사원 정도가 되었을 시기에 글로벌 브랜드의 회장님이 되었다.

길가의 노점상이 어떤 거대한 꽃을 품고있는지 나는 알지 못한다. 작은 것이 영원히 작지 않고, 큰 것이 영원히 크지 않으니 나에게 큰 터전이 제공되었다면 감사하고, 그렇지 않더라도 작은 것에 충실하면 언젠가 성장해 있는 자신을 발견하게 되기도 한다.

덴마크 기업들이 한국에 진출할 때, 파트너 기업을 연결하는 일을 오래 하면서 한 가지 알아낸 공통점은 그들이 단지 크고 이름난 회사를 원하지 않는다는 점이다. 재정적으로 탄탄하거나 의사소통에 무리가 없어야 하는 것은 기본 사항이겠지만 파트너 회사를 고르는 기준에서 '너무 크지 않은 회사', '자신의 브랜드에 집중해 줄 수 있는 회사', '함께 성장해 갈 수 있는 회사'라는 단서가 대부분 따라왔다. 큰 연못의 작은 피라미가 되는 것보다 나에게 집중해 줄 수 있고 정성을 쏟을 수 있는 회사, 커뮤니케이션을 할 때 시간 소모가 적은 회사를 더 선호하는 경우가 많았다. 사실 사람들은 대부분 큰 것을 선호한다. 그래서 뭐든지 커지는 경향을 낳고, 큰 것은 작은 부분을 간단히 흡수해 사람들이 큰 쪽으로만 몰리기도 한다. 나는 조금 다른 생각이 들었다. '왜 커다란 곳에 가서 자기 자신을 부품이나 천덕꾸러기로 만들지? 작은 곳에서 큰 사람대접을 받는 것이 훨씬 나은데!'라고. 인구가 적은 나라는 한 사람 한 사람의 인재가 상대적으로 더 소중하기 때문에 존재감을 인정받을 수 있는 곳을 더 선호하는지도 모르겠다. 그렇게 선택한 작은 파트너가 자신 덕분에 더 성장하고 커가는 모습에서 의미를 찾는 기업들을 나는 종종 만나게 되었다.

"우리가 처음에 이 파트너를 만났을 때는 작은 지하실에 사무실을 둔 곳이었어요. 이제는 이만큼 커졌지요. 한국에 방문할 때마다 파트너 사장님의 차도 매번 더 나은 걸로 바뀌네요. 허허."

이렇게 말했던 어떤 사장님의 이야기가 떠오른다. 그 이후로 나도 파트너를 찾을 일이 있거나 내가 속해야 하는 곳을 찾을 때 큰 것만을 쫓아가진 않게 되었다. 비즈니스 파트너를 찾는 일은 인생의 파트너를 찾는 일과도 크게 다르지 않은데, 지금 좀 작고 완벽하지 않으면 어떤가. 나와 함께 성장하는 모습을 보면서 의미를 찾는 쪽이 더 낫다. 내가 먼저 신의를 지켜주는 파트너가 되어 주는 것 또한 잊지 않는다. 사람이란 원래 크고 안전한 곳을 선호하는 습성을 가졌으니, 이건 나에게 일어난 삶의 작은 변화다.

OLD & NEW

오래된 것이 더 좋아지는 것은 나이가 들어간다는 증거일까 아니면 사람은 원래 오래된 것에 대한 향수가 있는 것일까? 새로 지은 빌딩들로 가득한 곳보다는 전통 가옥이 남아 군데군데를 장식하는 동네가 나는 더 정겹다. 말끔한 모습보다 투박해도 문화가 남아 있는 곳. 강남 한복판보다는 삼청동이나 북촌마을이 더 좋아지는 이유이다. 북유럽에 가면 새로운 빌딩은 보기 드물다. 200년 되었다는 호텔에서 묵기가 일쑤이고, 150년 되었다는 집에 초대받는 것도 흔히 있는 일이다. 20년, 30년 되었다고 부수어 다시 짓는 나라에서 온 나는 신기한 풍경이다. 새 건물을 짓기보다는 있는 건물의 내부만을 리모델링해서 쓰는 것이 그들의 정서다. 그러니 덜커덕 소리를 내면서 문을여는, 묵직하고 커다란 열쇠를 받아 오래된 호텔 안으로 들어가는 그기분은 마치 오래된 고전 영화 속으로 걸어 들어가는 기분이다. 오래된 것에는 특유의 향기가 있는데 이상하게도 그리 나쁘지 않다. '끼익' 소리를 내며 문이 닫히는 오래된 엘리베이터도 괴기스럽기보다 그것 자체로 멋스러움이 있다. 옛것을 문화재처럼 박제해 놓지 않고 여전히 생활 속에서 유용하게 사용하니, 나라 전체가 마치 앤틱 박물관 같다.

오덴세는 덴마크에서 두 번째로 큰 도시인데 한스 크리스찬 안데르센이 태어난 도시다. 성경 다음으로 전 세계에서 가장 많이 읽히는 책 중의 하나가 안데르센의 동화라고 하니 작은 스토리의 위대한 승리다. 코펜하겐 중심가의 이름도 H.C.Andersen Boulevard인 걸 보면 그는 여전히 덴마크인들의 마음속에 살아있는 듯하다. 물론 한쪽에서는 동화적 이미지를 쇄신하려고 애쓰는 움직임도 있는 듯하지만 사실 동화적 이미지를 가지는 건 그리 나쁘지 않은 일인데……. 나는 가끔 어른들이 어릴 때 읽은 동화를 너무 많이 잊어버려서 나쁜 행동을 하게 된다는 생각을 한다. 그 시절 동화를 다시 떠올릴 수 있다면 얻을 수 있는 인성의 부분이 너무나 많은데 말이다.

안데르센의 생가는 두 번 정도 갔었는데 안데르센의 집이라고 옆에 작은 돌 간판을 해 놓지 않았으면 그냥 지나쳐버릴 수도 있는 작은 집이다. 그러나 갈 때마다 늘 마음이 부푼다. 왠지 작품의 배경이 되었을 동네에 발을 딛고 있다는 사실이 형용할 수 없는 감동을 안겨준다. 동네 골목을 걷고 있으면 창문 안으로 내부가 훤히 보이기 때문에, 성냥팔이 소녀가 다른 집 안에서 무엇을 하는지 충분히 다 볼 수 있었던 장면이 생각난다. 지나가는 집 딸 아이의 방 안에 어떤 그림이 붙어 있는지, 어떤 모양의 촛대가 테이블에 놓여 있는지 전부 보인다. 그의 생가는 여느 살림집같이 되어 있어서 찾기도 쉽지 않다. 허나 잘 보이지 않아도 걱정은 없다.

"안데르센 집이 어디예요?"라고 물으면 동네 주민들이 친절하게 설명해 준다. 접근할 수 없게 바리케이드로 막아 놓지도 않았고, 대단한 것을 전시해 놓지도 않았다. 아버지가 구두장이였다는 것을 어렴풋이 알 수 있는 몇 개의 소품들이 집 안에 있을 뿐이다. 대신 그에 대한 더 많은 이야기를 알고 싶으면 오덴세에 있는 그의 박물관으로 향하면 된다. 아직도 안데르센 생가의 옆집에는 사람들이 살고 있다. 그의 동화에서 본듯한 집들 말이다. 아마 그 옆집 사람들은 자기 집 오는 길을 이렇게 설명하지 않을까?

"아, 저희 집이요? 안데르센 집에서 왼쪽으로 다섯 발자국만 더 오시면 됩니다."라고.

매일 같이 쏟아져 나오는 혁신적인 제품에 마음이 미혹되지만 옛것 혹은 나만의 것을 지키는 일 역시 혁신적인 제품을 만드는 것 못지않게 중요한 일이리라. 혁신의 출발은 결국 기존의 것들을 활용해 새로움을 창출하는 것이기에.

"흔히 전통과 혁신은 서로 반대에 서 있다고 생각하기 쉽지요. 하지만 우리는 이 둘을 하나의 독특한 조합 속에 섞어 넣어요. 우리에게 전통이란 예술가들의 유산을 새로운 시대로 가져오는 것, 현재를 사는 고객들에게 과거와 다시 연결될 기회를 주는 것입니다."

라고 이야기해 주었던 어느 회사 임원이 떠오른다.

더 나은 미래를 꿈꾸며 최선을 다해 현재를 살고 있는 내가, 옛 것에 마음이 흥분되는 이유를 이 회사의 스토리를 통해 배웠다. 전통을 낳은 과거도 겪어보지 못한 시간이며, 미래 또한 미처 경험하지 못한 시간이니 나에게는 둘 다 '새로운' 시간이라는 것! 지금 이 순간은 이처럼 새로운 시간을 자연스럽게 연결하고 있는 선물임이 분명하다.

혁신적인 런치 카페라고 소문난 곳에 간 적이 있었다. 사람들이 이제는 고리타분하다고 생각하는 전통적인 오픈 샌드위치, 스뫼르브뢰(Smørrebrød)를 새로운 디자인으로 탄생시킨 곳이다. 카페의 인테리어며 음식 모두 참 독특해서 눈을 떼지 못하고 여기저기를 카메라에 담고 있던 차였다. 옆에서 물끄러미 바라보고 계시던 할아버지 한 분이 나의 모습을 사진 찍어 주시겠다고 했다. 반가운 마음에 카메라를 맡겼다. 한참 사진을 찍고 나서야 알게 되었다. 이 분이 바로 카페의 사장님이라는 사실을.

그때부터 먼 아시아에서 날아온 나와 아주 오랜 시간 동안 대화가 이어졌다. 어떻게 이런 카페를 시작하게 되었는지에 대한 질문에 대답을 하기 위해서는, 나이가 많으신 분들은 항상 아주 오랜 시절 전으로 돌아가야 하니까 말이다. - 나이가 지긋하신 분들과의 대화는 항상 인내심을 가지고 오랫동안 경청해야 한다는 사실을 나는 이미 잘 알고 있다. - 지금처럼 멋들어진 디자인과 음식으로 가득 찬 공간은 사실 가난한 역사로부터 시작되었는데 원래 의대생이었던 할아버지는 의사 수련생 월급으로는 가족을 부양할 수 없었다고 한다. 우여곡절 끝에 커피와 음식 전문가가 되었고, 오픈 샌드위치 전통을 혁신적인 디자인으로 다시 연구하고, 전통적인 그릇에 내어 놓는 것을 고집하면서도, 사람들이 생각하지 못한 펑키 바로크라는 이름의 재미난 인테리어를 갖춘 공간을 만들어냈다. 사실 먹고 사는 것만큼 절박한 것은 없고 그 절박한 마음은 위대한 것을 만들어내고는 한다. 대화 내내 음식과 디자인에 대한 열정과 전통과 혁신을 적절히 조화시켜 세상에 없던 것을 만들어낸 것에 대한 깊은 영감이 느껴졌다. 아주 작은 것 하나에도 그의 인생이 묻어 있었고, 웃음을 주는 재미있는 디자인을 그가 가리켜 보여줄 때 내가 짓는 행복한 미소에 뿌듯해하셨다. 마음속에 꿈을 품고 그 꿈이 언제나 살아 숨 쉬게 돌봐주면 꿈을 향해 가는 길이 보인다는 걸 가르쳐준 곳. 장장 수 시간을 이어간 이 백발 할아버지와의 대화는 마치 아라비안나이트의 한 장면처럼 아직도 수첩 속에 꼬깃꼬깃 적혀 있다.

가구회사 이미지와는 어울리지 않는, 마차처럼 생긴 자동차를 로고로 쓰는 한 가구회사의 공장을 찾아간 적이 있었다. 덴마크에서는 공장을 볼 수 있는 일이 흔하지 않다. 글로벌 시장이 그렇듯이 만들어주는 나라와 디자인하는 나라가 구분되어 있기 때문이다. 비싼 인건비 때문에 완벽히 자동화가 된 공장이라면 모를까 생산이 일어나는 일은 아주 드물다. 그런데 가구만큼은 아직 예외로 덴마크산을 고집하는 곳이 많아 명품 가구 하나가 탄생하려면 얼마나 세심한 공정을 거쳐야 하는지 나는 그때 알게 되었다. 나무로 가득 찬 그 공장에서는 향기로운 나무 냄새와 여기저기 굴러다니는 톱밥으로 가득했다. 공장을 순서대로 죽 보고 있었는데, 무슨 일인지 세일즈 매니저가 나를 공장의 한쪽으로 데리고 가더니 보여줄 것이 있다고 했다. 공장 한쪽에 아주 거대해 보이는 것이 천으로 덮여 있었다. 그것을 걷어내는 순간, 내가 회사의 로고에서 봤던 자동차와 똑같이 생긴 거대한 자동차가 등장했다. 가구와 전혀 상관이 없어 보이는 듯한 구식의 자동차. 그것이 자신이 물려받은 유산이며 이 회사가 시작된 전통이고 상징이라고 했다. 초심을 잃지 않는 경영, 그들은 로고를 볼 때마다 첫 마음을 기억할 것이다.

봄의 티볼리(Tivoli) 공원을 나는 사랑한다. 덴마크 사람들은 겨울에도 볼거리가 많아 좋다고 하지만, 나는 그래도 역시 꽃이 피어있는 따뜻한 공원이 좋다. 코펜하겐 한복판에 있는 티볼리를 통해서 덴마크의 부활절과 크리스마스 분위기가 정해지는데 전 세계에서 가장 오래된 놀이공원 중 하나라고 한다. 티볼리에 몇 번 함께 간 친구들은 티볼리 정문을 통과하면서 어김없이 이 이야기를 했다.

"이 티볼리가 바로 월트 디즈니에게 디즈니랜드의 영감을 안겨준 곳이란다."

처음 방문했을 때는 워낙 커다란 놀이공원이 있는 서울에서 온 터라, '아담한 놀이공원이군' 이란 생각뿐이었는데 그 이야기를 듣고 나니 갑자기 달라 보인다. 혁신에 영감을 주었던 전통이란 얼마나 자부심을 주는 것인지 그들이 왜 티볼리를 그렇게도 아끼는지 알 것 같았다. 오래된 것을 소중하게 생각하는 사람들에게 자연스럽게 물든 이후 나도 우리의 전통을 다시 돌아보게 된다. 지금 당장 만들어낸 어떤 작품에서도 결코 찾을 수 없는, 시간의 보석이 전통에 담겨있다.

겸손한
자부심

덴마크 사람들과 지내며 가장 맞추어야 하는 부분이 있다면 바로 '자부심'이다. 아이러니하게도 '덴마크 사람 되기 10계명' 같은 것이 있는데 그건 바로 자신을 특별하게 생각하거나 남보다 더 잘난 사람으로 생각하지 말라는 내용을 골자로 한다. 이건 덴마크의 작가인 악셀 산데모스(Aksel Sandemose)가 1933년에 쓴 〈A refugee crosses his tracks(En flyktning krysser sitt spor)〉라는 책에서 나오는 것인데, 얀테(Jante)라는 시골 마을을 배경으로 한다. 많은 마을이 그렇듯이 서로 누구인지 다 아는 작은 마을의 십계명이다.

The ten rules of Jante Law(얀테의 10계명)

1. Don´t think that you are special.
   당신이 특별하다고 생각하지 말라.
2. Don´t think that you are of the same standing as us.

당신이 우리와 같은 위치에 있다고 생각하지 말라.

3. Don't think that you are smarter than us.

당신이 우리보다 똑똑하다고 생각하지 말라.

4. Don't fancy yourself as being better than us.

당신이 우리보다 낫다고 치장하지 말라.

5. Don't think that you know more than us.

당신이 우리보다 더 많은 것을 알고 있다고 생각하지 말라.

6. Don't think that you are more important than us.

당신이 우리보다 더 중요하다고 생각하지 말라.

7. Don't think that you are good at anything.

당신이 무엇이든 잘한다고 생각하지 말라.

8. Don't laugh at us.

우리를 비웃지 말라.

9. Don't think that anyone cares about you.

모두다 당신에게 신경을 기울인다고 생각하지 말라.

10. Don't think that you can teach us anything.

당신이 우리를 가르칠 수 있다고 생각하지 말라.

즉 겸손하게 드러내지 말고 살라는 속뜻이 들어있는 것이다. 그러나 겸손함 속에 공존하는 그들의 보이지 않는 자부심 또한 대단하다. 거기에 지지 않으려면 나 또한 무한한 자부심과 자존감을 가지고 있어야 한다.

덴마크의 작은 부품회사와 한국 대기업과의 미팅을 진행했던 적이 있다. 마치 다윗과 골리앗 같기도 하고 코끼리와 벼룩의 만남 같기도 했다. 그러나 전세는 역전 당하는 듯 보였다. 자신감의 크기가 하늘을 찌르는 이 회사의 프리젠테이션은 누가 갑이고 을인지 알 수 없을 정도였다.

또 한 번은 덴마크의 1인 기업이 판매처를 찾는 미팅자리였는데 제품에 대한 자신감뿐 아니라 전통과 역사에 대한 자신감 그 모든 것들이 종합예술처럼 분위기를 압도했다. 작은 나라, 작은 기업, 을의 위치에 놓인 처지는 장애가 되지 않았다. 아, 이런 보이지 않는 당당함이야말로 내 인생에 덧입히고 싶은 색이다.

살다 보면 어릴 때의 자신감은 점점 찾아보기 힘들어진다. 꿈의 크기가 점점 줄어드는 거다. 동네에서는 대장이었는데 사회에 나오면 수많은 잘난 사람들 틈에서 주눅 들기 일쑤다. 어릴 적 꿈은 '세계적인' 무엇인데 지금은 통 반장도 힘들어 보인다. 게다가 직장생활이란 '눈치'가 9단이어야 한다는 소리가 세뇌됐을 정도다. 그럴 때 나는 이 당당한 사람들을 떠올린다. 다른 사람들이 뭐라고 하든 내가 가진 것에 대해서 떳떳하고, 자부심 있는 사람으로 그 자리에 서 있으면 되는 거다. 그렇다고 겸손함을 버리는 것도 아니다. 결코 나는 남들보다 더 나은 사람이 아니니 평등한 시각에서 다른 각도로 세상을 바라보면 다양한 사람들과 눈높이를 맞추며 마음이 건강해질 수 있다. 겸손과 자부심, 이 두 가지의 경계선에서 동시에 균형을 맞춘 건강한 자아를 가진 사람들을 만나면 나도 모르게 기분이 좋아진다.

촛불 아래 치유의 시간,
Hygge(휘게)

LA타임즈에서 어느 날 나에게 인터뷰 요청을 했다. 한국의 '한(恨)'이라는 정서에 대해서 쓰려고 하는데, 다소 부정적인 이 감정을 상쇄하면서 삶의 균형을 맞추어줄 수 있는 다른 나라의 정서로 덴마크의 'Hygge(휘게)'라는 것을 찾아냈다고 했다. 이 두 민족 정서를 모두 알고 있는 나의 의견을 알고 싶다는 것이었다. 이 두 개의 개념을 아마 평생토록 온전히 이해하지 못할 미국인 저널리스트가 이런 주제로 글을 쓰다니 흥미로웠다. 그는 '한'과 'Hygge'가 반대 의미라고 생각하는 듯했지만, 꼭 반대의 의미라고 보기는 어렵다. 다른 의미일 뿐. Hygge란 휴식이고, 다른 사람과 대화로 관계를 돈독히 맺으며 모든 인생의 긴장을 늦추는 그런 모멘텀이다. Hygge라는 시간을 통해서, 마음의 한이 풀리고 치유가 되는 듯한 느낌을 스스로 가져본 적이 있으니 반대의 의미가 아니라, 한을 Hygge로 털어버릴 수 있다는데 의미가 있다. 그렇게 생각하니 그 저널리스트의 작업도 헛되지 않았다는 생각이 든다. 어떤 나라나 가족끼리, 동료끼리, 친구끼리 대화하며 휴식의 시간을 가질 텐데, 누구나 다 하는 것일지라도 그것이 문화로 공유되고 언어로 표현되었다는 것만으로 그 민족에게 있어 중요한 정서일 테니 말이다.

Hygge의 중심에는 반드시 촛불(candle light)이 있다. 작은 불꽃은 적절히 다른 것들을 어둠 속으로 감춰주면서, 함께 이 느긋함과 즐거움을 나누는 상대에게만 오롯이 스포트라이트를 비춰준다. 촛불과 함께 그동안 쌓인 힘든 속내가 타서 녹아내린다. 죽어도 '한'이 없을 추억을 만드는 순간이다. 함께 나누는 음식도 있다. 이를테면 집 앞 정원에서 떨어진 사과로 만든 따끈따끈한 파이면 어울리겠다. 아마도 안데르센의 '성냥팔이 소녀'가 그렇게 원하고 부러워했던 그 크리스마스의 분위기는 바로 이 Hygge라고 표현되는 정서였을 것이다. 가족과 함께 나누는 Hygge의 시간. 누군가의 가정에 초대받으면 항상 이촛불이 우리를 환대한다. 걸어 들어가는 입구에서부터 곳곳에 촛불이 놓여 있다. candle, candle, 또 candle, endless candle! 덴마크인들이 절대로 포기하지 못하는 아늑함의 상징인 초의 향연이 바로 Hygge다.

어쩌면 오히려 '한'보다는 '정(情)'을 이야기했으면 더 좋지 않았을까? Hygge에서 나누는 것이 바로 '정'이니까. 완벽히 같지는 않아도. 나는 Hygge의 시간에서 친구들에게 가끔 정을 느끼곤 했다. 어느 해 유난히 추웠던 덴마크 출장길에서 다시는 겨울에 북유럽행 비행기를 타지 않으리라 다짐 또 다짐한 적이 있었다. 눈이 무릎까지 쌓여 스키를 타고 출근을 했다는 우스갯소리가 들릴 만큼이었다. 말 그대로 설상가상(雪上加霜). 나는 도착하자마자 혹독한 감기에 걸려 혼자 호텔 방에서 열을 식히며 끙끙 앓았다. 그러나 먼 곳까지 출장을 온 나에게는 예정된 일정이 있었기에, 시내 약국에서 산 엄청나게 비싼 감기약을 빨면서 눈 속을 헤치고 다녀야 했다. 미팅은 주로 교역 상대국으로 한국이라는 나라의 존재를 알리는 일인데, 제품만 조금 바뀌었을 뿐 딱 성냥팔이 소녀가 된 듯한 나날들이었다. - 미안! 성냥팔이 아줌마 -

 한 가지 희망이 있다면, 굴뚝에서 김이 모락모락 나는 백 년도 넘은 초가집에서 옛 친구들과의 만남이 기다리고 있었다. 많이 아프다고 친구들에게 미리 알려 둔 터였는데, 한 친구가 갑자기 큰 비닐봉지를 대뜸 나에게 내밀었다. 봉지 안에는 비타민이며, 목이 아플 때 먹는 캔디 등 약들이 잔뜩 들어 있었다. 고마워서 눈물이 났다. 그는 이렇게 이야기했다.

"데비, 네가 나에게 이렇게 바리바리 싸서 준 적이 있었잖아."

"응?"

 생각해보니, 한국에 처음 와서 스키를 탈 생각에 잔뜩 부풀어 있던 친구들에게 혹시 모를 상황에 대비한 스키장용 비상 약품들을 잔뜩 챙겨 비닐봉지 채 주었던 기억이 어렴풋이 생각났다. 그때와 똑같은 까만 봉지! 내가 나누어준 마음은 결국 또 나에게 돌아오는 거구나……. 비록 내가 기억하지 못하더라도. 그날 그렇게 우리는 낮은 지붕의 초가집에서 촛불을 켜고 감기에 걸려 시름시름 앓는 나를 위해 준비했다는 심플한 음식들을 나누며 Hygge의 시간을 보냈다. 아…

내가 어릴 때 봤던 책 속의 삽화, 바로 그 장면 같다는 생각이 떠나질 않았다. 나무 냄새가 나는 오래된 낮은 천장, 어둡지만 아늑한 실내, 네 시간이고 다섯 시간이고 도란도란 이어지는 이야기들. 그 안에서 이루어지는 Hygge. 밤이 깊어져 떠나야 할 시간이 되었다.

"우리 언젠가 가족들까지 다 함께 스웨덴에 있는 우리 작은 별장으로 놀러 가자!"라고 한 친구가 마무리 이야기를 꺼내자, 불현듯 린드그렌 작가 할머니의 '말괄량이 삐삐 롱스타킹'이 떠오른다. 그녀가 살던 뒤죽박죽 별장.

"어머, 그 말괄량이 삐삐가 살았던 그런 별장 같은 곳 말이야?"

"응, 그렇지!"

살아생전에 그런 일이 이루어질 수 있을지는 알 수 없었지만, 그런 이야기를 나누고 있는 그 순간만큼은 기분 좋은 상상을 하며 삐삐처럼 용기백배 다시 살아갈 수 있을 것만 같다.

함께 갔던 친구들과 차를 타고 다시 시내로 나와 내가 묵는 호텔 앞에서 내렸다.

"We have to give you a hug.(작별 포옹을 해야지.)"

한 명이 이렇게 말하니 "나도", "나도"라고 하며 한 사람씩 차에서 내려 마치 의식처럼 차례로 포옹을 나누었다. 그리고는 엄지손가락을 펼쳐 서로의 삶을 응원했다.

참. 주의사항! Hygge의 시간을 보내고 있을 때 절대로 부정적인 이야기를 해서는 안 된다. 분위기를 망치는 주범으로 모두의 따가운 시선을 한 몸에 받게 된다고 하니. Hygge의 시간에는 부정적인 주제는 절대로 꺼내지 못한다는 암묵적인 동의가 있다. 그런 이유로 불편사항이나 문제를 꺼내서 이야기한 후 해결하고 싶은 외국인들에게 가끔 비난을 사기도 한다. Hygge는 평화로운 이야기를 하는 시간이다. 가족끼리, 친구끼리, 동료끼리 시간을 함께 나누는 것. 서로에 대해 좋은 이야기를 하고, 긍정적인 미래를 이야기하는 거다. 그래서 나는 이따금씩 가족들, 친구들과 Hygge의 시간을 함께 보낸다. 세상의 한은 촛불 속으로 사라지는 소중한 시간이다.

DIY(스스로 하기)와
DIP(전문가에게 맡기기)

인건비가 비싼 나라에서 사는 건 쉽지 않아 보인다. 힘든 일을 대신해 줄 사람은 아무도 없다. 오직 나 자신만이 있을 뿐. 우리나라에서 가구 사업을 하려면 조립 서비스나 A/S서비스 같은 것은 필수다. 한 가구 회사가 한국에 진출하려고 계획하고 있던 때였는데, 이 사실을 알려 주었더니 전혀 모르던 일이라는 듯 의아해했다. 내가 사는 곳에서는 아무도 가구를 조립하려는 엄두를 내지 않고 배운 적도 없는데다가 바쁜 도시 생활에서 가구를 스스로 조립할 만한 짬이 나지 않는다. 그러니 조립해야 하는 가구는 잘 사려 하지 않을 수밖에. 반면 그곳 가정에 가면 깜짝 놀랄 정도로 모든 것을 스스로 한다. 우리가 흔히 하는 작은 서랍장을 조립하는 정도가 아니라 싱크대도 스스로 조립하고, 신발장이나 조명 공사도 모두 자신이 한다. 물론 도움을 받을 수도 있겠지만, 서비스 요금이 너무 비싸서 아무도 이용하지 못한다고 했다. 뭐든지 조립해내는 사람들을 나는 우스갯소리로 '레고 민족'이라고 부르기도 하는데, 내가 보기엔 인생이 조금 힘겨워 보인다. 외

부의 도움을 쉽게 얻을 수 있고, 그것을 당연하게 생각하는 우리에게 그렇게 사는 것은 행복지수가 오히려 거꾸로 떨어지지 않을까 싶을 만큼.

  그래서 그들은 즐기는 방향으로 선회한 듯하다. 코펜하겐 옛 친구 집에 방문했던 날, 정원에 예쁘게 깔린 돌길에 감탄했더니 그의 대답이 놀라웠다.

"그 돌길을 만드는 데 돌이 3,500개 들어갔어."

"응? 3,500개씩이나? 대단하다. 누가 만들었는데?"

"누구긴. 내가!"

그는 그냥 평범한 오피스맨이다. 목수였거나 건축을 배웠던 사람이 아니었다. '아… 이 나라는 공부만 잘해서 살 수 있는 나라가 아니구나.' 싶었다. 아니나 다를까 그의 아이를 유치원에서 픽업하는 데에 동행했더니 숲 속에 동그마니 위치한 유치원은 도무지 수업을 할 것 같은 분위기가 아니었다. 숲 속을 온통 뛰어다니고 있는 아이들, 빵 굽는 법을 벌써 익히고 있는 아이들. 면학 분위기보다는 한 폭의 그림 같은 광경이었다. 함께 있던 친구가 '스스로 살아갈 수 있는 아이'로 키운다고 설명해 주었다. 누군가 말하길, 엄마가 '비서'가 되어 평생 공부하는 것에만 길들여진 우리나라 아이들이 조금씩은 '생활 바보'가 되어가는 것 같지 않느냐고 했다. '생활 바보'는 진심으로 DIY의 나라에서 살기는 어렵다.

상황이 이러하니 아시아로 나오는 덴마크 사람들은 즐거워한다. 한국에 오랫동안 살았다는 에릭이 한국에서의 삶이 너무 행복하다며 행복의 조건으로 꼽는 것은 바로 이런 것이었다.

"한국에서는 구두조차도 내가 닦을 필요가 없어요. 구두를 닦아주는 전문가가 있거든요. 우리나라에서는 꿈도 꿀 수 없는 일이에요."

워킹맘의 경우도 마찬가지다. 아이들을 돌봐주는 보모나 가사 일을 도와주는 도우미 서비스 같은 것은 아예 생각할 수도 없으니 어떻게든 모든 것을 스스로 해내야 한다. 그러니 남편과의 분담은 필수고, 하루를 잘 쪼개서 맡은 일들을 처리해야 한다. 아마도 그래서 라이프 스타일을 더욱 심플하고 간결하게 만드는 것이 아닌가 생각한다.

스스로 디자인하는 컨셉의 덴마크 주얼리가 한국에 소개되는 시점이었다. 색깔을 고르고, 섞고, 디자인을 조합해 고르는 것에 상당한 시간이 소요되고, 하나씩 하나씩 모아가며 완성하는 것이라 제대로 된 모양을 갖추는 것에 시간이 걸리기도 했다. 여러모로 쉽지 않아 보였다. 한국 시장 전문가에게서는 이런 대답이 돌아왔다.

"한국사람들은 모든 것이 전문가에 의해 작업 되어 하나의 세트로 나오는 걸 좋아합니다. 자신이 고르고 맞추고 디자인하는 것은 번거로워하지요. 게다가 시간도 없고… 그런데다가 시작을 초라하게 시작하는 것도 별로 좋아하지 않아요. 우리나라 신혼부부가 처음이라고 숟가락 두 개 가지고 시작합니까? 아니죠. 모든 게 한꺼번에 갖춰져야 해요."

소비자심리가 반대로 간다는 이야기였다. 알고 보니 나도 전문가의 손길에 심각하게 길들여져 있었다. 스스로 디자인해서 자기만의 것을 탄생시키는 것보다 전문가가 이미 세팅해 놓은 것을 그만큼의 부가 가치를 얹어 돈을 내고 사는 것을 만족해한다. 그러니 똑같은 것을 소유하고 있는 일이 허다하다. 하지만 언젠가 인건비가 감당할 수 없을 만큼 비싸진다면? 이제 오직 자신만이 소유한 물건의 가치가 점점 올라간다면? 그런 날을 대비해 스스로 혼자 할 수 있는 능력을 길러 놓아야 할 것 같았다. 어느덧 스스로 하는 스타일에 물들었는지 나도 집의 구석구석을 혼자서 바꿔 보기 시작했다. 페인트도 칠해 보고, 문고리도 바꿔 보고, 패브릭도 붙여 보고 간단한 가구는 조립도 해 본다. 역시 엉성하기 짝이 없지만, 비용은 천문학적으로 줄고, 아이들과 페인트 놀이를 하며 추억을 만들고, 친구들이 놀러 오면 우리 손으로 완성한 곳이니 이야깃거리가 넘친다. 전문가에게 맡기면 멋지게 변하는 것이 내가 하면 한없이 초라하고 투박하고 촌스러울 것 같아 엄두가 나지 않지만, 나의 솜씨를 한번 믿어보려고 한다.

하루는 아주 오래된 집에서 유년시절을 보냈다는 마이클이 자신이 살던 그 집이 부동산 매물로 온라인 사이트에 올라왔다며 흥분한 목소리로 말했다. 온라인 사이트에서 그의 집을 보니, 정서가 따뜻하고 사람들에게 언제나 여유로운 분위기를 선사하는 그는 바로 그런 집에서 자란 사람이었구나 알게 되었다. 마치 고대 성처럼 생긴 집이었는데, 집의 군데군데 사진을 클릭할 때마다 할 말이 많았다. 문고리는 다른 어느 성에서 떼어 온 것이고, 창문도 어느 오래된 집에서 가져온 것이며 바닥에 깔린 나무는 어떻고……. 집 하나에 이야기가 잔뜩 담겨 있었다. 어설프고 어울리지 않는 것 같지만 왜 그리 멋스러운지. 게다가 세상에 하나밖에 없는 자기만의 집을 만들어갔다는 기쁨이 있어서 그런지 무척 자랑스러워 했다. 오래된 집은 벽의 두께가 얼마나 두꺼운지, 정원에 있는 나무는 또 얼마나 오래되어 카리스마가 빛나는지 수다쟁이가 된다. 똑같은 성냥갑 같은 아파트에 사는 나는 문고리에도, 창문에도 아무런 스토리가 없었다. 전문가들이 '짠' 하고 매끈하게 짜 넣어줬다는 한마디 밖에.

한국 사람들의 우수한 서비스 정신과 프로정신에 혀를 내두르는 사람들이 많다. 우리는 그런 강점이 있다. 대신 반대로 덴마크에서는 서비스라는 건 많이 기대하기 어렵다. 모두 각자 자기 할 일을 할 뿐. 나는 오늘도 이 둘 사이에서 나를 열심히 부리며 단련하기도 하고 프로정신을 갈고 닦기도 한다. 바쁜 도시 생활에서 모든 것을 혼자 해내며 살아가는 건 꿈에 가깝다. 적절히 배분해서 전문가에게 맡겨야 지쳐 쓰러지지 않는다. 모든 것을 엄마가 해 주는, 엄마라는 '비서'를 둔 우리 아이들이 살아갈 세상은 어쩌면 북유럽 쪽을 더 닮은 나라일지도 모른다. 모두가 다 동등하게 높아진 임금 때문에 서비스를 구매하는 것이 쉽지 않은. 그러니 엄마는 '비서'가 되는 것보다 '멘토'가 되는 것이 더 현명한 일일 듯하다.

열림의
미학

그는 마치 영화 〈Back to the future〉에 나오는 박사님처럼 생긴 사장님이었다. 직업도 비슷했다, 발명가. 대화를 시작하는 순간 그에게서는 지구에 사는 사람이 아닌 양 창조적인 표현들과 묘사가 쏟아졌다. 아, 발명가란 이런 것이구나. 책상머리에만 앉아 있었던 사람은 도저히 이해하기 어려운 새로운 세상이었다. 회사 이름의 유래에 대해서 물어보니 그는 이런 대답을 했다.

"아! 그건 말이지. 내가 어릴 때 우리 아버지가 나를 입양하셨거든요. 그래서 아버지를 기억하자는 뜻으로 아버지 이름을 따서 회사명을 지은 거예요. 나에게는 아주 특별한 의미죠"

여기서 '우리 아버지가 나를 입양하셨거든요'라는 말은, 나라면 처음 보는 사람에겐 굳이 하지 않았을지도 모른다. 나는 단지 비즈니스 컨설팅을 하는 도중에 분위기를 풀기 위해 회사 이름의 유래를 물어보았던 거니까. 그런데 이렇게 허심탄회하게 아무렇지 않은 듯 이야기하는 것을 보니, 입양은 그저 가족을 형성하는 또 하나의 방법이라는 평범한 생각이 들었다. 그는 계속 웃음이 터져 나올 것처럼 신기한 제품들을 들고 한동안 나를 찾아왔다. 시장이 형성될지 안 될지조차 가능성이 희박한 제품들도 많았지만, 그의 발명품들을 보는 것은 한동안 쏠쏠한 재미를 안겨다 주었다. 그는 책상에 앉아서 공부만 해서는 그런 창의성이 발휘될 수 없다고 단언했다. 실은 자신이 공부를 많이 하지 않은 말썽꾸러기였다는 이야기를 하고 싶은 거였지만. 자신의 과거와 새로운 아이디어에 마음이 열려있던 그는 나에게 신선한 자극이 되었다.

입양아 출신의 한국-덴마크인을 종종 만날 기회가 있었는데, 입양아 출신의 어느 세일즈 매니저는 이런 이야기를 들려주었다.

"사실 나의 고향도 부산이거든요. 부산에서 태어났고 덴마크로 입양된 거예요."

이렇게 비즈니스 미팅 자리에서 한국의 미팅 파트너에게 말했다고 한다. 그가 이렇게 자신을 소개한 것은 아마 한국과 어떤 관계나 친근함이 있다는 것을 표시하기 위해서였을 거다. 그런데 그 이야기를 하는 순간 갑자기 한국 사람들의 표정이 측은하고도 미안한 모습으로 바뀌는 바람에 당황한 그는, "당신 잘못도 아닌데 뭘 그러십니까? 저는 괜찮습니다."라고 말해 줄 수밖에 없었다고 한다. 분명히 마음 한편에 상처가 되었겠지만, 마음을 열고 새로운 방법으로 가족을 구성하는 것을 받아들이면 어떤 편견도 갖지 않게 된다. 그래서 이제는 입양아를 만나게 되면 한국의 장점과 그 나라의 장점을 결합해서 위대한 것이 탄생할 것이라고 믿으며 그 긍정적인 면을 강조해서 본다. 실제로 그것을 발휘하고 있는 사람들이 곳곳에 많이 있으니. 대신 어떤 형태로든 마음 아픈 과거를 만드는 일은 멈추었으면 한다.

아담은 아내를 무척 사랑하는 사람이다. 그의 아내는 도미니카 공화국이라는 아주 독특한 나라에서 왔는데, 여러 나라말을 아주 유창하게 구사한다고 했다. 유럽에서는 다국어를 구사하는 게 그리 특별한 일은 아니지만, 아담은 그녀의 외국어 실력에 대해 차례차례 말해 주었다.

"나의 아내는 이태리어를 정말 수준급으로 하지요. 그녀의 전남편이 이태리 사람이었거든요. (싱글벙글)"

그런 그의 모습은 그저 천진난만하게 아내를 사랑하고 그녀의 과거까지도 충분히 포용하는 남자의 모습이었다. 자신의 더 나은 삶을 향해 이혼을 선택하는 사람들에게 진정으로 행복을 빌어주고 싶다. 그리고 열린 마음과 당당한 모습으로 사랑을 다시 시작하는 아담 같은 남자와 여자에게 건투를 빈다. 물론 이혼하지 않고 행복하기를 더욱 바라지만 말이다.

세상은 매 순간 변화와 발전을 거듭하고, 다양한 사람들이 한데 모여 살아간다. 나와 다른 모습이나 전혀 다른 가치관을 갖는 이들과도 마음의 창을 열어두고 싶다. 내가 만났던 사람들은 대부분 글로벌 시장에 익숙해 많은 문화를 경험한 사람들이 많다.

한 기업인은 자신의 시골 고향 친구에게 한국의 이야기를 들려주었다고 했다. 평생 그 고장을 떠나지 않고 살았던 친구는 한국이라는 나라의 이야기가 그저 신기하고 도무지 이해하기 어려운 문화라고 이야기했단다.

"그 곳에 가 보지 않았다면 '책'이라도 읽으렴."

이렇게 이야기해 주었다는데, 다른 문화에 대한 생각과 포용은 언제나 열려 있어도 좋다.

"무슨 어려운 일이 있더라도 함께 상의하도록 하지요. 내 방의 문은 물리적으로도 열려 있지만, 상징적으로도 열려 있는 곳이랍니다. 누구나 스스럼없이 들어와서 열린 공간을 만들어 주세요."

함께 일했던 어느 기업인의 이야기다. 받아들이고 교감하려는 열린 마음, 그 안에서 성장은 일어난다. 다만 선한 것에만 문을 열어 놓을 것, 내 마음에 주문하고 싶다.

행복,
디자인은 자유다

재료를 얹을 빵이 흔들림 없이 자리 잡았다면 그 모양에 한계를 긋지 말고 나름의 재료로 디자인을 시작한다. 여기에 필요한 재능이 바로 창조성이다. 재료에 대한 편견을 버리고, 다양한 재료를 경험해 보면서 무엇을 얹어야 인생의 오픈 샌드위치가 멋있게 변할지 시도해 본다. 나의 영역을 뛰어넘는 일은 절대 만만치 않지만, 오픈 샌드위치는 인생을 획일화된 세모와 네모로 싹둑 자르지 않는다.

인생은 누구나 한 번 사는 거라서 다 서툴고 살다 보면 내가 딛고 살던 터전의 빵이 부서져 버리는 일도 만난다. 모든 것을 잊고 다시 새로운 빵을 올려야 하는 순간이다. 샌드위치는 다시 만들라고 있는 건데, 망가진 샌드위치만 계속 쳐다보다가 우울함에 빠지거나 쓸데없이 내 인생 샌드위치를 하늘나라로 보내버리는 일은 결코 하지 말아야 한다. 어느 순간 꾹 닫혀버린 인생 샌드위치가 있다면 외쳐본다. '열려라 샌드위치 – Open Sandwich'를! 그 안에 숨어있을 나만의 새로운 보물들을 향해.

함께 누리는
아름다움

북유럽에 도착하면 그 곳만의 느낌과 향기가 있는데, 그건 아마도 차가운 공기와 오래된 나무의 절묘한 조합 같은 설명하기 어려운 감각이다. 아름다운 것을 보면 행복해지는 호르몬이 나온다는데 그래서 나는 북유럽의 디자인 문화 속에서 알 수 없는 행복을 느끼는지 모르겠다. 어쩌면 이 나라 사람들의 행복지수에 디자인이 한몫을 하는지도 모르겠다. 옆으로 긴 낮은 건물들에서 새어 나오는 불빛은 몸을 녹여주는 듯한 아늑함이 느껴지며 어느 곳을 가더라도 가구와 조명, 인테리어 소품들이 어우러진 공간은 흠잡을 데 없이 아름답다. 평범한 가정집부터, 공공장소, 공공기관, 아주 외딴 시골의 사무실까지도 화려하지 않지만 절제된 디자인의 아름다움이 아무렇지 않게 일상을 지배한다. 주로 덴마크를 가면 회사를 방문하기 때문에 다양한 사무실들을 보게 되는데 볼 때마다 감탄은 필수다. 그들은 특히 장식예술, 즉 가구나 세라믹, 실버, 주얼리 등을 아우르는 장르에 강한데, 그 전체적인 어울림과 감각은 온 국민이 디자이너인 듯한 느낌마저 든다.

아늑한 사무실에서 긴 하루를 보내는 것은 왠지 세상을 더 아름답게 만들어줄 아이디어들이 떠오를 것 같다. 그러니 일하는 사람들도 그 배경과 더불어 덩달아 아름다워 보이고, 일의 스트레스에 치인 사람들도 아늑한 분위기에 묻혀 잘 보이지 않는다. 온 나라 사람들이 디자인에 대해 각별한 애착이 있고, 그것이 자신의 정체성이라고 생각하고 있어서 그들은 모여 앉으면 마치 우리가 아이돌 스타 이야기를 하듯 디자이너와 디자인 이야기를 한다. 하나의 그릇과 하나의 조명을 사기 위해서 얼마나 오랫동안 돈을 모았는지 이야기하며, 자녀가 결혼할 때도 부모가 오랫동안 돈을 모아서 똑똑한 가구 하나를, 혹은 조명 하나를 선물한다. 그것이 덴마크 디자인, Danish Design이라는 아이콘이 된 디자인 산업을 받쳐주는 온 국민의 마음가짐 같다. 빈자나 부자나 모두 함께 누릴 수 있는 실내환경의 아름다움. 그들에게 집이란 상대적으로 큰 의미를 갖는다. 남자들도 집 꾸미기에 여념이 없고, "나는 디자인과 결혼했어."라고 말하는 남자들도 심심치 않게 있다. 모든 사교 모임이 거의 집에서 이루어지고, 가족생활은 삶에서 큰 부분을 차지하니 인테리어는 그들에게 있어서 입고 있는 옷과도 같다. 집은 마음을 어루만져주는 기능을 하는 곳이다. 그러니 사소한 것 하나까지도 허투루 소비하는 법이 없다.

 북유럽이 다 그렇듯이 덴마크도 춥고 척박한 땅이다. 그런 날씨와 조건 때문에 사람들이 집안에서 생활하며 인테리어에 몰두했던 결과가 지금의 디자인이라고 생각하는 이들이 많은데 그 이상의 이야기가 있다. 실은 그 안에 먹고 살기 위해 지혜를 짜냈던 절박함이 숨어 있다. 19세기 후반, 자원도 없고 살림은 너무나 빠듯하여 아무도 가구나 인테리어의 아름다움 같은 것은 꿈도 꿀 수 없었던 무렵, 정부 차원에서 디자인 산업을 키우기로 전략적인 뒷받침을 시작한 것이다. 덴마크는 북유럽 나라들 가운데에서도 가구 디자인의 역사가 두드러지는 나라다. 1930년대부터 시작된 캐비넷 메이커스 길드(Cabinet Makers' Gild)라는 대회가 가구 디자인 산업의 발전에 톡톡한 공헌을 했는데, 1년에 한 번씩 나라에서 여는 이 대회를 통해서 스타 캐비넷 메이커가 배출됐다. 지금으로 말하면 가구분야의 오디션 프로그램과 비슷하지 않았을까? 경쟁을 통해서 스타 디자이너가 배출되고, 그 경쟁은 지금의 안락함을 가져다주었으며 수출 효자 산업을 만들어내었다. 예술은 모든 것이 갖추어진 편안한 상태에서 나올 것 같지만 알고 보면 절박함에서 나온다. 위로가 된다. 지금 들으면 우아하게 들리는 세계적인 데니쉬 디자인도 가난함을 벗어나기 위한 운동으로 시작되었다는 사실이 어쩐지 정겹다. 그렇게 들인 노력과 공은 배반하지 않고 1950년대에 이르러 세계적인 거장 디자이너들을 쏟아 놓았다. 스타 디자이너 핀 율(Finn Juhl)을 비롯한 한스 웨그너(Hans Wagner), 아르네 야콥슨(Arne Jacobsen), 베르너 팬톤(Verner Panton), 올레 밴셔(Ole Wanscher) 등 거장 디자이너들이 줄줄이 탄생했다.

줄리와 나는 가구에 대해서 몇 시간이고 이야기하곤 했는데, 바로 그 거장들이 만들어 놓고 떠난 지금 빈티지 가구라고 불리는 것들과 차례차례 만나기 시작했다. 그리고 이미 작고한 작가들과도 소통하기 시작했다. 그녀는 가구에 대해 탁월한 식견을 가진 데다가 심미안, 그리고 그 가구 사이에 녹아있는 철학까지 집어낼 줄 아는 깊이 있는 눈을 가졌다. 테이블의 선, 나이테의 모양, 의자 팔걸이의 미묘한 곡선, 이음새와 나무의 재질, 우리의 눈길이 닿는 곳마다 단아하고 질리지 않는 아름다움이 있다. 북유럽 가구는 티크로 만든 것이 많은데 장미목을 최고급으로 치지만 보호수로 지정된 이후 너무 희소성이 커져서 쉽게 만나기 어렵다. 티크는 대중적으로 쓰이는 재질인데, 보기만 해도 북유럽의 느낌을 가져다주는 나무이다. 북유럽 가구 마니아들이 생겨나고는 있지만, 그 심연에 깔린 이야기들까지 알게 된다면 감동의 여지는 더욱 커진다.

"앤틱과 빈티지 가구의 차이점이 뭘까요? 앤틱은 100년 이상 된 가구를 말하고 빈티지 가구는 100년 이내의 가구를 말하죠. 빈티지 가구란 주로 1930년대부터 70년대에 제작된 가구들을 일컬어요. 언젠가 빈티지 가구도 앤틱이 되겠지만… 말하자면 중고가구이지요. 그런데 중고가구라고 하기에는 너무 많은 의미가 들어 있어요."
 너무 많은 의미라……. 얼마 전 아는 후배에게 집에서 쓰던 가구 몇 개를 가져다 준 적이 있었다. 우리 집에서는 이제 소용이 없어져 버릴 만한 것인데, 그 집에 갖다 놓으니 새것처럼 빛났다. 새로운 꾸밈새를 곁들이니 더 예뻐 보이기까지 했다. 사람도 한 곳에서 소용이 없어졌다고 수명이 다하는 게 아니라 다른 곳에 가서 또 빛을 발할 수 있는 그런 이치. 이런 게 그저 중고가구의 의미일까? 중고는 저렴하니까. 그런 이유로 나는 웬만한 건 새 걸로 장만할 생각을 잘 안 한다. 어떻게든 중고 장터를 먼저 뒤지고, 벼룩시장에서 쇼핑을 하는 설렘을 느낀다. 그런데 쥴리가 말하는 이 빈티지 가구들, 분명히 중고인 이 가구들은 웬일인지 저렴하질 않다. 무슨 의미가 있는 것일까.

덴마크 가구에는 역사와 족보가 있다. 바로, 디자이너와 제작자의 인지도가 그것이다. 한 작품에는 항상 디자이너와 제작자가 마치 음악의 듀엣처럼 붙어 다녔는데, 제작자도 디자이너와 동등한 대접을 받았다. 그것은 환상적인 협업과도 같아서 그들은 인생을 함께 가는 친구이면서 완벽한 파트너가 되었다. 그리고 그 만남은 작품의 결과물뿐만 아니라 가격에까지 지대한 영향을 미친다.

"폴 키에르홀름(Poul Kjaerholm)의 디자인은 모두 이 콜드 크리스찬센(E. Kold Christiansen)이 제작했어요. 나중에는 프리츠 한센(Fritz Hansen)이 만들기 시작했고요. 지금도 도면을 가지고 생산되고 있지요. 그런데 시장에서는 어떤 제품의 가격이 가장 비쌀까요? 맞아요. 이 콜드 크리스찬센이 만든 것이 가장 비싸요. 도면만 가지고 만든 것은 아예 결과물의 느낌 자체가 아주 달라요. 폴 키에르홀름과 이 콜드 크리스찬센이 만들어 낸 작품은 그들이 끊임없이 소통하면서 만들어 낸 것이기 때문에 가구 안에 애정과 소통이라는 '인간관계'가 들어있는 거예요. 그래서 아무런 소통과 관계없이 도면을 가지고 만들어낸 가구와는 작품성에서 큰 차별이 있는 거지요. 빈티지 가구 경매에서도 가격은 이런 것을 바탕으로 매겨지는 거예요."

빈티지 디자이너 가구는 희소성 때문에 경제적인 가치를 가진다. 아무도 그 사람을 대신할 사람이 없어서 생기는 희소성. 그런데 그 안에는 이런 보이지도 않는 이야기들이 숨어 있었다. 인간이 살을 부대끼며 대화하면서 만들어 낸 것의 가치가 이렇게 크다니 새삼 모든 예술 작품들에는 바로 그 숨결이 들어 있어 위대하다는 생각이 든다.

"덴마크 가구들은 아직 많이 저평가되어 있어요. 홍보가 덜 되어 있거든요. 알려진 것보다 알려지지 않은 것들의 가치가 큰 법이니까요."

그래서인지 경매시장에서의 가격은 계속 고공 행진을 하고 있다.

줄리가 이야기했던 '너무 많은 의미'… 그걸 찬찬히 되짚어 보니 사람이 꼭 빈티지 가구 같다. 우리는 보통 100년을 채 못 사니, 앤틱 가구가 될 가능성은 현저히 낮고 빈티지 가구로 생을 마감할 가능성이 더 크다. 그러려면 내 자신을 디자인하고 만들어가는 탁월한 장인정신을 갖추어야 한다. 그건 10년, 20년, 30년, 40년… 아주 오래 갈고 닦아 숙련된 사람에게만 주어지는 마에스터니 인내심을 가지고 숙성될 때까지 기다려야 한다. 그래야 많은 사람이 나로 말미암은 아름다움을 누릴 수 있으며, 내 안의 나무에서 나는 아름다운 향기도 전할 수 있다. 그런 빈티지 가구 같은, 나이가 들수록 가치가 높아지는 사람이 되고 싶은 갈망이 생긴다. 흐지부지 쓰다가 버리는 일회용품 같은 사람이 되는 건 슬픈 일이다. 세상은 아쉽게도 사람을 그렇게 대하기도 한다. 언제든지, 누구와도 대체할 수 있는 사람. 그런 마음가짐은 평화를 주지 않는다. 행여 세상이 우리를 그렇게 대할지라도 진실을 잊지는 말자. '나'는 그 누구와도 같지 않고 함부로 대체할 수 없는 사람이라는 사실을. 그냥 세월이 흘러버린 중고가구가 되는 것보다 의미 있는 빈티지 가구처럼 나이 들어가는 것이 소망이다. 그것과는 거꾸로 가는 세상에서 너무 큰 꿈이려나? 그러려면 '나'라는 나무의 품질이 장미목이나 티크, 오크의 수준으로 높아야 하는 것은 물론이다. 그리고 내 옆에 함께 하고 있는 파트너가 있다면 그와 만들어가는 인생에 대해 최고의 가치를 부여하는 것이 마땅하다. 그러니 인생이 작품이 되려면 예술이 되는 말을 전하며 대화를 주고받아야 한다. 디자이너와 제작자, 그 애정과 소통의 관계로 빚어진 내 인생의 작품을 경매에 부친다면 과연 얼마에 낙찰될까?

힐링
퍼니처

"가구의 완성도가 높다는 것은 사람을 편안하게 해준다는 의미다."
이는 쥴리의 생각이다. 빈티지 가구들은 완성도가 높다. 깊게 몰두해서 끝장을 본 느낌을 주는 작품들이다. 대충대충 만든 것이란 없다. 마치 우리의 전통 디자인과도 닮은 부분이다.

"북유럽 가구의 특징은 실용성(functionalism)이에요. 이를 가장 대표하는 가구가 있다면 바로 크레덴자(Credenza), 우리가 사이드보드라고 부르는 것들이지요. 이건 높은 수납장을 옆으로 길게 돌려놓은 것 같은 모양이에요. 가구의 높이가 높으면 위쪽에 손이 닿지 않아서 어느 부분은 활용도가 떨어지고 어느 순간 인간에게 위협적인 느낌을 들게 하지요. 북유럽도 천장이 낮은 구조로 되어 있어서 너무 높은 가구는 어울리지 않아요. 그들은 테이블도 의자도 보통의 것들보다 낮게 만들거든요. 크레덴자도 그런 의미에서 탄생한 낮은 장이에요. 인간은 땅과 가까운 곳에 있을 때 최고로 편안한 거니까요."

그들의 건축물처럼 가구의 건축미 또한 낮은 것을 지향한다.

"또 하나는 세크리테어(Secretaire)라고 불리는 장이에요. 사람 키 높이 반쯤 되는 장인데 수납장, 서랍장, 책상, 데코장 등 여러 가지 기능을 하지요. 북유럽도 주거 공간이 넓지 않아서 하나를 가지고 다양한 용도로 쓰는 것을 즐겨요. 자세히 보면 모든 가구에 다리를 달아 놓았는데, 습기를 방지하고 청결하게 유지하기 위한 목적도 가지고 있지요. 실용주의와 기능주의가 함께 있는 거예요."

군더더기는 완전히 빼고, 한 가지에서 최대한의 효과를 얻는 것, 그러면서 오래 쓰는 가구를 만들어내는 것이 장인들의 지향점이다. 그러니 '완성도가 높은 사람'이란 바로 주변을 '편안하게 만들어 주는 사람'이다. 주변을 불편하게 하는 사람은 모두를 불행하게 만드니 내 주변을 편안하게 만들어 주는 사람이 되기 위해 최대한 인간중심의 곡선으로 나를 빚어가는 것이 매일 해야 하는 일이다. 군더더기는 없애고, 사람들이 편리하게 사용할 수 있도록 여러 가지 기능도 갖추어 본다. 한 가지 기능도 멋지지만, 많은 기능이 내재되어 있다면 다양한 사람들이 찾을 수 있는 디자인이 되지 않을까? 기능의 변신은 무죄다.

덴마크 가구는 그 중에서도 의자가 가장 유명하다. 의자라는 가구를 만들기 위해서는 인체를 먼저 연구해야 하고 상상 이상으로 많은 노력이 필요하기 때문이다. 의자는 심미학적인 요소뿐만 아니라 편안함에서 명성을 얻고 있는데, 이 세상에 우연히 편안하게 만들어지는 것은 하나도 없다고 한다. 좌식 문화의 우리로서는 의자에 평생을 바친 디자이너들이 신기할 따름이지만, 오늘날 하루 중 가장 오랜 시간을 보내는 곳이 의자라는 것을 생각해 보면 긴 시간을 아름답고 편안하게 보내기 위한 그들의 고군분투가 대단하다. 사람들이 가장 긴 시간을 보내는 곳, 일터와 가정, 그래서 나는 이곳이 아름답고 편안하기를 매일 디자인해 본다.

그들이 만드는 가구에는 특별한 무늬나 색칠이 거의 없다. 그저 주어진 나무의 나이테 무늬를 살려 패턴으로 만들 뿐이다. 조미료 없이 자연의 맛을 최대한 살리는 소박한 자연 밥상처럼, 가구도 자연에서 온 그것을 그대로 두고 최소한의 미묘한 곡선과 직선만을 첨가한다. 놀라운 건 만들어놓고 보면 명품이 되니, 최소한의 것을 들여서 고급스러움을 창조해내는 것이 가장 어려운 일이다. 그렇다고 모든 것에 고급 재료를 쓰는 것도 아니다. 처음부터 끝까지 고급이면 너무 비싸질 수밖에 없으니, 꼭 필요한 곳에는 원목을 쓰고 나머지는 무늬목을 쓰기도 한다. 무게를 지탱해야 하는 의자라든가, 가구의 다리 부분 등은 그래서 대부분 원목을 쓰는 편이다. 머리끝부터 발끝까지 명품으로 치장하는 것보다 꼭 오래 써야 하는 튼튼한 부분만 질 좋은 것으로, 그렇지 않은 부분은 평범한 것으로 대체하는 강약조절이 있어 인간적이다.

가구를 고를 때는 사람을 고를 때처럼 속을 봐야 한다. 못을 쓰지 않고 도브테일 공법을 사용해 나무와 나무를 이어서 만든 가구들이 튼튼하기 때문이다. 못을 박지 않은 가구는 못을 박아 만든 가구에 비해서 100배는 오래가는 내구성을 가진다. 겉으로 보이는 가구의 나무와 속에 들어있는 나무의 재질이 다를 수 있으니 속을 봐야 하는 것은 필수이다. 가구를 보면 전에 쓰던 주인이 보인다고 한다. 주인이 매일 잘 관리해 준 가구는 세월과 함께 균일하게 색깔이 진해지면서 예쁘게 늙는다. 그래서 예쁜 빈티지가 된다. 나도 그런 예쁜 빈티지로 늙어가고 싶다.

덴마크의 사무실에서는 높낮이를 조절하는 책상을 제공하는 것이 근로 복지 규정에 들어갈 만큼 중요하다. 그들에게 훌륭한 디자인이란 아름다움에 앞서 사용하는 이들을 배려하는 소중한 마음을 담아야 하며, 그런 의도를 담은 디자인은 사람을 행복하게 한다.

트렌드를 이기는
전통

한적한 도시 빌룬트에 가면 아이들이 좋아하는 놀이공원인 레고 랜드가 있다. 그 곳에서 유아용 의자를 만드는 회사를 방문한 적이 있었는데, 꽤 오래된 역사를 가진 회사였고 전형적인 북유럽풍의 안락한 사무실을 가진 곳이었다. 그러나 회사를 아무리 둘러봐도 그들이 만들어내는 것은 단 한 가지, 식탁 의자에 연결해서 쓸 수 있는 유아용 의자였다. 수십 년 동안 유아용 의자를 만들었으면 어른용 의자도 만들고 싶었을 테고, 다른 유아용 가구나 더 큰 가구를 만들고 싶기도 했을 텐데 우직하게 자신의 핵심 주제를 놓치지 않은 그들이었다. 비록 한 가지 의자이지만 다양한 디자인과 다채로운 색상의 변화만으로도 고객들의 사랑을 끊임없이 받고 있는 기업으로 기억된다.

유아 젖병을 만드는 회사를 만났을 때도 마찬가지였다. 그들이 나에게 소개하는 품목은 단 한 가지 '젖병'이었다. 좀 더 다양한 품목으로 사업을 넓힐 계획이 있다고는 했지만, 여전히 그들의 사명감은 부모들의 삶을 더 편리하게 만들어주는 디자인이 멋진 젖병을 만드는 것이었다. 비즈니스에 대해서 역시 많은 이야기를 나누었지만, 우리의 주제는 '젖병'이라는 아이템을 절대 벗어나지 않았다. 자신이 가진 능력과 장점만을 극대화하기를 원하는 것. 남이 잘하는 영역까지는 확장할 생각조차 없는 것. 그것이 알고 보면 탄탄하고 뚜렷한 발자취를 남기는 회사로 오래 자리매김하는 일일 수도 있겠다는 생각이 들었다.

북유럽에 다녀오거나 새로운 기업들을 만나고 오면 항상 대대적인 '비우기'를 실행한다. 쓸데없이 나에게 붙어있는 수많은 잔가지들. 큰 힘을 발휘하지도 못하고 그다지 필요하지도 않은데 왠지 전부 쥐고 놓지 못하는 것들을 하나하나 정리해서 굵은 줄기로 만들어 간다. 그들의 집에 가면 그 깔끔하고도 군더더기 없는 인테리어에 놀라고, 많이 가지지 않고 심플하게 살아가는 그들의 라이프스타일에 물들어 우리 집에 있는 것들도 하나하나 정리하고 싶어진다. 집에 들어오면 왜 이리 쓸데없는 것들을 이 비싼 땅에 쌓아두고 사는지, 버리지 못하고 끌어안고 사는 것들 투성이다. 북유럽의 인테리어는 깔끔하게 떨어지는 곡선과 직선의 조화가 있을 뿐 장식은 거의 없다. 별로 꾸며 놓은 것도 없는데 막상 만들어놓으면 별다른 디자인도 없이 고급스러워 보이는 데다가 쉽게 질리지 않는 디자인을 추구하다 보니 오래 가는 것 같다. 하지만 지나치게 장식이 없고 다각화도 없는 삶은 심심하거나 호기심이 없어 보이고, 한 가지만 하고 사는 삶은 지루할 것 같기도 하다. 그래서 찾은 나의 접점은 많이 갖다 붙이지 않아도 고급스럽고 가치 있는 명품 같은 사람, 그리고 그들이 만들어내는 질리지 않는 가구들처럼 사람들이 곁에 오래 두고 봐도 질리지 않는 그런 사람으로 기억되는 것이다.

창조적
라이프 스토리

  다양한 국제회의와 세미나, 미팅 등을 만들어내는 일을 하다 보면 본의 아니게 많은 사람들의 CV(Curriculum Vitae : 이력을 말해 주는 문서)를 보게 된다. 한 사람이 열심히 살아온 역사가 고스란히 들어있는 CV는 새롭게 만나는 사람들에게 짧은 시간 동안 꽤 많은 것을 파악하고 만날 수 있는 근거를 제공해주기 때문에 유용하게 쓰인다. 내가 만난 사람들의 CV는 딱딱한 형식보다는 주로 스토리텔링 식의 짧은 글로 도착하는 경우가 많았다. 그래서 그런 자유로운 형식에 익숙하지만, 그녀의 CV에는 웬일인지 학력 관련 정보가 전혀 없었다. 상당한 영향력을 가진 디자인예술재단의 대표이자 각종 글로벌 포럼의 패널이기도 하며 한 시대 산업의 멘토인 그녀의 CV 어디에도 학력 사항은 적혀 있지 않았다. 다만 그녀가 얼마나 열정적으로 일을 이끌어가는지, 그래서 얼마나 많은 사람과 기관이 그녀가 한 일에 대해 감사를 표하는지에 대한 이야기만 마치 소설처럼 줄줄이 쓰여 있을 뿐이었다. 대체 어떤 교육배경을 가졌기에 이런 의미 있는 일의 대표가 되었는지 궁금했지만, 아무리 더 자세한 정보를 요구해도 그 이상의 정보를 주지 않았다. 우연한 기회에 나는 그녀의 잡지 인터뷰에 동행할 일이 생겼다. 보통 그런 부류의 인터뷰란 질문지를 먼저 건네받고 준비를 해서 응대하는 것이 관례인데, 어쩐지 그녀는 그런 것에 별로 신경 쓰지 않는 눈치였다. 그리고는 어떤 질문이 나와도 마치 준비가 되어 있다는 듯 자연스럽게 대답해 나가기 시작했다. 그녀의 단어 선택은 세련되었고, 뜬금없는 질문에도 당황하는 법이 없었으며, 대답에는 진심과 열정이 담겨 있었다. 역시 기자는 그녀가 어떤 과정을 거쳐서 이 자리까지 오게 되었는지 궁금해했다. 그녀는 디자인 학위가 아니라 그 어떤 학위도 따 본 적이 없다는 이야기부터 시작했다.

"아버지는 대대로 의사였고, 어머니는 심리학자였어요. 형제 중에 마치 나 혼자만 미운 아기 오리가 된 기분이었지만, 저는 다른 사람들이 보통 커리어를 추구하는 것의 반대 방향으로 갔어요. 뭐가 되겠다고 목표를 세우고 그걸 향해서 달려간 게 아니라 그냥 내가 좋아하는 일을 했어요. 고등학교를 졸업하고 디자인 공부를 독학했지요. 디자인 전시회 일이 재미있어서 그 일을 하기 시작했고요. 문화 예술에 관심이 많아서 그런 복합 문화 공간에서 일하기도 했습니다. 그러다가 불현듯 기회가 왔어요. 아마 이 자리를 뽑을 때 지원자가 500명은 되었던 것 같은데 다들 대단한 인재들이었겠지요. 그렇지만 제가 된 걸 보면 우리 사회에서도 흔한 일은 아니지만, 그걸 받아들이는 문화라고나 할까요."

그녀는 확실히 내가 만나본 어떤 사람보다도 인간미가 넘치고, 자신이 하는 일에 대한 열정이 뚜렷하고 똑똑한 사람이었다. 자녀에 대해 이야기를 할 때도, 아이들의 성향을 존중하고 이해하는 모습 또한 역력했다. '아, 매력적인 사람이다.'라는 생각이 절로 들었다. 자신의 CV에 학력사항이 공란이어도 당당할 수 있는 모습. 대부분의 사람들이 살아가는 방향과 반대 방향으로 살아가고 있어도 여유를 잃지 않는 자세가 지금의 그녀를 완성했다.

"예전에는 제가 마치 우리 집안의 낙오자 같았지만 지금은 우리 집을 제일 빛내는 사람이 되었죠."

그녀의 CV는 옳았다. 최종학력 고등학교 졸업을 쓰는 것보다 그녀가 지금 얼마나 세상을 더 나은 곳으로 만들고 있는지, 얼마나 강력한 영향력을 끼치고 있는지, 현재를 기술하는 것이 정답이었다.

집에 돌아오니 다시 반대편 지구의 친구에게 전화가 왔다. 남편이 근무하는 회사는 모두가 박사인데 혼자 석사라서 조금씩 남편이 주눅이 드는 것이 안타깝다며.

"지금이라도 박사 과정을 밟도록 해야 할까? 아이들도 키워야 하고 돈도 벌어야 하니 시간도 돈도 빠듯하지만, 아무래도 무리를 좀 해야 할까 봐. 다들 모모 박사님, 이라고 부르는데 혼자만 박사님이라고 안 불리니까 힘든가 봐."

이름을 부르는 것이 아니라 직함을 부르는 문화에서만 느낄 수 있는 독특한 어려움이다. 이제 한국에서 대학만 나왔다는 건 30년 전 고등학교를 졸업한 거나 다름이 없다는 라디오 사연도 있던데, 대학교 졸업이 최종 학력인 사람들의 모임에 갔더니 우리는 가진 게 학사 밖에 없으니 그냥 조용히 살아야 한다고들 한다. 더 나은 것을 추구해 볼 여력이 없다는 암묵적 동의. 학력 인플레이션 속에 살다 보니 나 또한 그런 생각을 한 적이 있다.

직장 일에 육아에 학위까지 겸하는 이웃 워킹맘을 보면 그야말로 대단하다는 생각이 절로 든다.

"뭔가 또 다른 계획이 있으신가 봐요?"

"아뇨. 특별한 생각은 없어요. 석사라도 없으면 회사에서 계속 버티기가 좀 어려울 것 같아서 아이가 조금이라도 어릴 때 해두려고요."

정말 공부하고 싶어서, 그 공부를 통해 이바지해야 할 것이 있어서라기보다 'CV에 한 줄 추가'라는 보편적인 목적이 은연중에 지배하고 있는 세상. '공부 많이 하는 사회'는 너무 멋지지만 '공부하지 않으면 불안한 사회'는 어쩐지 서글프다. 가방 끈이 긴 사람들에게 세상은 반대로 살아가도 행복할 수 있다고 조용히 조언해 주는, 가방 끈은 짧지만 생각이 긴 그녀가 잊혀지지 않는다.

은발을 휘날리고는 있지만, 청년 못지않은 열정으로 똘똘 뭉친 그는 이미 큰 단체의 수장을 지내고 은퇴한 시니어다. 나이가 지긋하지만, 여전히 여기저기 불러주는 기업이 많아 고문으로 일하며 아직도 왕성한 활동을 하는 분이다.

"내가 여기까지 오게 될 줄은 생각도 하지 못했어. 나는 학교 때 말썽을 많이 피우는 학생이었거든. 게다가 열아홉 살에 결혼한 우리 아내와 지금까지 이렇게 행복하게 살 줄은 아무도 몰랐대. 어린 애들 장난이라고 여긴 사람들도 많았을 테지. 하지만 사람들의 예상을 뒤엎으면서 살면 돼. 재미있잖아. 다만 내가 살아오면서 했던 건 필요한 시기마다 교육을 조금씩 업그레이드시켰던 것뿐이야. 그게 정말 필요한 시기에 말이지."

그래서 아주 천천히 학위를 하나씩 하나씩 완성했다는 이 분. 왠지 그의 CV는 오래도록 봐야 제맛일 것 같다. 사람들이 허겁지겁 살아가고 있을 때 혼자서 느긋하게 자신의 시계대로 살아왔고 결국 성공적인 삶을 살아낸 멋진 인생을 위하여!

안나는 탄탄하게 자리 잡은 주얼리 디자이너이다. 자신의 부띠끄를 운영하며 강의도 하고 수련생들을 키워내는 그녀에게 주얼리 디자인에 대한 짧은 강의 의뢰가 들어왔다. 역시 세미나 주최 측에서는 그녀의 CV를 원했다. 대단한 이력의 소유자일 거라고 예상하고 있을지도 모른다. 뉴욕 어디에 있다는 유명한 주얼리 학교나 왕립 디자인 학교쯤을 수료한 것이 아닐까, 그런 것들을 기대한다. 그런데 덴마크에서의 주얼리 디자이너란 학교를 나오는 것이 아니라 주얼리 회사의 수련생 제도를 통해서 배출된다. 유명한 은세공 회사에서 골드스미스가 되기 위한 수련 과정을 거쳐 디자이너가 된 그는 배움이란 'Learning by Doing(하면서 배우는 것)'이라고 했다. 그리고 그것은 아주 어린 유치원 시절부터 시작된 'Doing(하는 것)'에서 시작된다, 'Studying(공부하는 것)'보다는. 매일매일의 일과 생활을 통해서 얻는 경험과 영감이 교육인 셈이다. 학위를 더 따야 한다는 한국 사람들의 강박적인 이야기가 나오니 아너스는 한술 더 떠 이렇게 이야기한다.

"당신은 지금 돈을 받으면서 배우고 있잖아요. 무슨 학위를 더 딴다고요? 지금 당신 자신의 모습에 자신감을 가지면 그만이지요!"

일터는 또 다른 큰 배움터다.

We stay young as long as we learn.(우리가 계속 배우는 한, 우리는 여전히 젊은 채로 남을 것이다.)

다양한 방법의 이력을 보여주고 자신만의 방법을 꺼내어 들려주는 것에 전혀 거리낌이 없는 덴마크 사람들은 일이 좋으면 일하는 것으로, 공부를 좋아하면 공부하는 것으로, 또는 아이를 키우는 일이 중요하다면 그 일에 시간을 보내면 된다는 걸 알려줬다. 어떤 것도 헛되게 보내는 시간은 없으니 모두 다 경력으로 남는다. 남들이 다 딴다는 자격증과 이렇게 해야 몸값이 올라간다는 학위와 이 정도는 나와야 사람 구실 한다는 영어점수를 좇아 사는 것도 나쁠 건 없고, 할 수만 있다면 다 갖춰도 좋겠지만, 나는 왠지 똑같이 공장에서 나온 것 같은 이력보다 다르게 생긴 이력을 보는 것이 재미있다. 알리사의 자녀 자랑은 어느 학교를 졸업했고 어디로 유학 갔고 어느 알아주는 기업에 들어갔다는 이야기가 아니다.

"우리 아이는 그릇을 디자인하는 일을 하고 있어요. 자기가 하는 일을 무척 좋아하고 사랑하지요. 그게 대견하고 정말 만족스러워요."

어쩌면 그건 마치 가내수공업 같은 작은 공방에서 하는 도예일 수 있다. 많은 북유럽의 디자인 일이 그렇듯이. 그러나 큰 성공이라고 생각한다. 자신이 사랑하는 일을 하고 있으니.

"학교요? 우리 동네에 있는 학교가 제일 좋은 학교죠. 왜냐고요? 우리 아이가 다니고 있으니까요."라고 자신감 넘치는 말투로 이야기하는 옌스는 작은 시골에서 공장을 운영하시는 분이다. 나도 이제는 그렇게 생각하며 살아야겠다 마음먹으니, 문득 세상이 조금 쉬워 보인다. 더 좋은 곳을 향해 무리하게 전진하려는 것보다 나와 내 아이가 있는 곳이 가장 좋은 곳이라고 생각하며 자부심을 품는 것이 복잡한 인생을 단순하게 만들어준다.

정답이 없는
지도

   이다와의 만남은 정말 신선하고 고무적이었다. 고등학교를 갓 졸업하고 한국을 경험하고 싶어서 무조건 짐을 싸서 머나먼 나라까지 날아왔다는 이다는 코펜하겐에서 1시간쯤 떨어진 하슬레브(Haslev)라는 작은 도시에서 왔다. 한국에 오고 싶었던 이유는 단 한 가지, K-Pop과 한국 드라마에 푹 빠졌기 때문이다. 동호회 친구들과 아직 북유럽까지는 오지 않는 K-pop 아이돌 그룹을 보기 위해 파리행 비행기 표를 같이 사서 실제로 공연에도 갔던 그녀는 거기에서 멈추지 않았다. 과감히 1년간 한국에 머물기로 결심하고 단숨에 이를 감행해 버린 것이다. 고등학교를 갓 졸업했을 때, 그때의 나를 떠올려보면 그런 용감한 일을 과연 저지를 수 있었을까 하는 생각을 해 본다. 그런 결정을 스스로 내릴 수 있는 힘조차 없었던 것 같은데, 문을 두드리면 언제나 열린다는 걸 믿고 그녀는 지인도, 네트워크도, 학벌도 없이 미지의 한국에서 일자리를 구했다.

"부모님이 걱정하지는 않으셨니? 잘 알 수도 없는 머나먼 한국이라는 나라에 딸이 불쑥 간다는 것에 대해서."

"아니! 우리에게는 어떤 방식으로 살아가야 할지 결정할 자유가 있으니까 부모님은 그걸 그냥 존중해 주시는 거예요. 특이한 나라를 선택했고 갈 수 있는 자유를 준다는 건 우리 부모님이 오히려 다른 사람들에게 자랑스러워 할 일이 될 테니까요. 곧 엄마와 여동생도 한국에 와 보기로 했어요. 아무리 이야기해 줘도 이런 나라가 있다는 걸 놀라워만 할 뿐 제대로 이해하질 못하니까요. 와서 보게 된다면 여기에서의 나의 생활을 이해하는 데 도움이 되겠지요. 엄마도 동생도 아시아를 여행해 본 적은 없어서 무척 놀랄 거 같아요. 내가 그랬듯이."

이다는 덴마크에서는 고등학교(김나지움)를 졸업하고 바로 대학교에 입학하는 경우가 아주 극히 드물다고 했다. 내가 만난 어떤 사람도 사회에 대한 새로운 경험이나 직업 체험 없이 바로 대학교에 갔다는 사람이 없었다. 이다 또한 마찬가지다. 그녀의 부모님도 역시 그렇게 하셨었다고 하니 상당히 오래된 전통인가보다. 학교의 선생님들마저도 그렇게 하기를 권장한다고 한다.

'1년이라도 세상을 경험하라. 그리고 자신이 무엇을 하고 싶은지 생각하라'는 의미가 담겨 있다고 했다. 그래서 주로 다른 친구들도 완벽히 다른 세상을 경험하기 위해서 나간다고 했다. 이를테면, 아프리카나 아시아 같은 곳으로.

"보통은 고등학교(김나지움)를 졸업하고 바로 여행을 시작할 수 있

144

는 돈이 생기지는 않지요. 그러니까 첫 6개월은 허드렛일이라도 돈을 벌 수 있는 일을 해서 돈을 모으고, 그 다음 6개월은 가보고 싶었던 나라로 여행을 떠나는 거예요."

대학입학시험이 있는 날이면 온 나라가 떠들썩한 우리나라는 그녀에게 큰 문화적 충격이었단다. 한국 드라마를 보고 열심히 익혀 왔다고 생각했는데 실제로 다가오는 문화적 차이는 생각보다 컸다고 했다. 그리고 점수에 실망해서 자살하는 십 대들이 있다는 사실은 더욱더 믿을 수 없는 일이라고 했다. 자기 평생에 그런 일은 처음 들어보는 일이라며.

"어떤 학과들은 정말 공부를 잘해야만 하지요. 이를테면 의대생이 되는 건 점수가 높아야 하는 게 당연하잖아요. 하지만 그게 안 된다고 해서 자신한테 실망해서 인생을 끝낸다는 건 있을 수 없어요. 언제든지 그것과 조금 비슷한 다른 걸 선택하면 되는 거고요. Plan A가 안 되면 항상 Plan B로 가면 되는 거예요. 그게 그냥 우리가 생각하는 방식이죠."

언제 어느 때고 자신이 공부하고 싶은 학과를 정했을 때 대학을 들어가면 된다. 점수가 조금 모자라도, 독특한 경험을 쌓은 것이 있다면 그것이 점수를 대신한다. 그래도 모자란다면 일단 일을 해서 크레딧을 쌓으면 그것이 점수가 되어 대학에 입학하거나, 그만큼을 채워주는 공부를 다시 하면 된다. 그들이 생각하는 교육의 궁극적인 목적이란 결국에는 자신이 하고 싶은 공부를 할 수 있게끔 해 주고 자신이 생각하는 사람이 되게끔 도와주는 것이라고 한다. 그림을 그리고 싶어하는 사람이 최소한 사무실에 앉아서 숫자를 계산하고 있는 일은 자기가 사는 곳에서는 단연코 없을 거라고 자신 있게 이야기하는 것을 들은 적이 있었다. 그것이 행복의 가장 첫 번째 걸음이니까.

글로벌 인재가 되기 위해 이제 발을 뗀 이다는 아시아학을 전공하고 싶다고 했다. 글로벌로 나간다는 것은 그곳의 현지 상황을 철저히 알아간다는 것을 뜻하니 그녀는 글로벌화와 현지화를 조화롭게 체험하고 있는 셈이다. 전혀 다르게 생긴 사람들, 다르게 살아가고 있는 사람들을 조금씩 받아들이는 연습을 하는 것이 대학에 가는 것보다 더 중요하다고 생각하는 걸까. 그럴 수도 있지. '더 좋은 점수를 받지만, 친구가 없는 쪽을 택할래, 아니면 점수는 그냥 평범해도 좋은 친구들과의 관계를 맺을래'라는 딜레마를 던지면, 반드시 좋은 친구들과 관계를 맺는 것을 선호한다는 사람들. 다른 세상의 친구들을 만들어 보는 것은 나의 지평을 넓혀 준다. 내가 이해할 수 없다고 생각했던 것들을 품게 해준다. 글로벌한 배려란 얼마나 많은 것을 다각도로 더 깊이 생각해야 하는지 알려준다.

대개 초등학교 과정에서는 시험이란 것이 거의 존재하지 않는다고 했다. 그나마 있는 시험에서도 사지선다형 내지는 오지선다형의 객관식 문제가 전혀 없다는 이야기를 듣고 한 번 더 놀랐다. 나는 평생 답을 고르는 일을 해왔는데. 그렇다고 살아가면서 선택을 그리 썩 잘하게 되는 것도 아니면서! 선택의 순간이 오면 어김없이 찍던 버릇으로, 누군가가 찍어주기를 바라는 마음에 족집게 과외 선생님이나 점쟁이의 시장점유율이 상당한데 말이다.

"정말 객관식 문제가 없어?"

"응. 정말 없어. 보통 글로 써야 하는 답들이지. 글을 읽고 분석하고 자신의 의견을 적는 것이 주된 시험 형식이야. 수학 같은 경우에도 답이 꼭 맞지 않더라도 과정이 맞으면 후한 점수를 받아."

게다가 등수 같은 건 존재하지도 않는다고 했다. 나의 학창시절에는 등수 순서대로 책상에 앉은 적도 있어서 우등생의 기세와 열등생의 모멸감이 반 안에서 맞서는 알 수 없는 풍경도 있었음을 기억한다. 그런데 같은 시각 지구의 북쪽 나라에서는 전혀 다른 방식으로 살아가고 있었다니. 문득 내 아이의 문제집을 보았는데, 시대가 지났어도 여전히 답을 고르는 유형은 변함이 없다. 나중에 어른이 되어서도 그렇게 시원하게 답만 고르며 살 수 있다면 좋을 테지만 현실은 늘 이상의 반대편에 존재한다.

늘 고르는 것에 길들어 있는 나는 그래서 항상 답을 찾으려 하나보다. 똑 떨어지는 답이 있어줘야 마음이 든든하고 명쾌한데, 살다 보니 그렇게 매끄럽게 떨어지는 답은 어찌 된 일인지 하나도 없다. 시험지의 문제풀이집처럼 정답지가 있으면 좋겠다.

인생의 문제풀이집이 있다면 미로보다 복잡할 것 같다. 살아가면서 선택해야 하는 문제는 왜 이리 많은지. 이것을 선택하면 저것을 조금 포기해야 하고 저것을 선택하면 다음번에 이만큼 손해 봐야 하는 것들 투성이니, 정답이 아닌 지도에 더 가까우려나? 어차피 인생은 정답보다 최적의 접점을 향해 가는 법을 익히는 과정이다.

위대한
유산

그날 찾아가기로 한 곳은 코펜하겐에 있는 여느 가정집처럼 아기자기한 사무실이었다. 아시아 사랑에 푹 빠져 사업도 아시아 음식문화를 유럽에 퍼뜨리는 것과 관련된 일을 한다는 부부 대표를 만났다. 사업을 시작한 스토리가 재미있었다.

"우리와 함께하는 파트너 부부가 있어요. 그들이 주로 디자인을 하고 우리는 비즈니스 파트를 맡은 셈이죠. 그 부부도 우리도 같은 날 태어난 딸이 있어요. 실은 산부인과 옆 침대에서 만나 여기까지 오게 되었거든요."

살아가면서 인연이란 언제 어디서 만나게 될지 모르는 법! 아이를 낳다가도 인연이 나타나니. 그래픽 디자이너 출신들답게 곳곳에 정갈한 디자인 가구와 제품들이 잡지처럼 놓여 있었다. 우연히 눈에 띄는 것이 있었으니 오래됐지만 그야말로 '빈티지 느낌'이 나는 휴지통! 부모님께 물려받은 거라고 했다. 곰곰이 생각해 본다. 과연 휴지통을 물려받는 사람이 전 세계에서 몇이나 될까 하고. 어쩌다 그들은 휴지통을 물려받게 되었을까. 그리고 그 휴지통은 어쩌다 그렇게 오랜 세월 동안 그 가족과 함께하게 된 걸까. 집에 돌아와 우리 집 휴지통을 보니, 아무런 존재감도 없이 누구의 주목도 받지 않은 채 제자리에 놓여있다. 디자인은 성역이 없다. 근사하게 보이는 물건에만 필요한 게 아니라 하찮은 쓰레기통에도 고귀함을 입혀 유산이 되게끔 해주는 것이 디자인의 몫이다. 내가 하고 있는 일의 용도와 태어난 목적을 한순간에 바꾸지는 못하지만, 거기에 디자인을 입혀서 아름답게 만들면, 그건 위대한 유산으로 다시 탄생하는 거라는 사실을 알려준 그냥 지나칠 뻔했던 휴지통. 나의 용도가 화려한 금으로 치장한 커다란 그릇이기를 바라지만 현실은 휴지통이라는 사실을 부인하지 못할 때가 있다. 그래서 한없이 쪼그라들고 힘들 때, 나는 이 멋진 디자인이 입혀진, 감히 휴지통이라 부르기도 미안한 휴지통을 떠올린다. 디자인에서 가장 의미 있는 것은 무엇이며, 명품과 장인 정신이 말해주는 것은 무엇일까. 바로 몇 대에 걸쳐서 무언가를 물려줄 수 있다는 것, 그것만큼 의미 있는 일은 없다고 한다. 혹시 물려받은 것이 아무것도 없다고 실망할 필요는 없다. 내가 물려주는 사람이 되면 그만이다. 실제로 덴마크에는 전통의상이 없다고 이야기한다.

"어머 그럴 수가, 그래도 뭔가 전통의상 비슷한 게 있을 텐데?"

화려한 내 나라의 한복 같은 의상을 떠올리며 아무리 물어봐도 전통의상은 정말 없다고 한다. 그런 이 나라가 요즘은 코펜하겐 스타일로 패션계를 조금씩 넘보고 있는 것을 보면, 물려받은 것이 없다고 투덜거릴 필요는 없는 것 같다. 없으면 만들어내면 되는 거니까.

전설적인 산업 디자이너 야콥 옌슨(Jacob Jensen)의 집을 찾아가는 길은 험난했다. 집이라고 이름 붙였으나 그의 사무실이기도 하고 박물관이기도 한 전시실은 황량한 유틀란드 섬에 있어, 벌판을 한참 달린 후에야 마침내 도착할 수 있었다. 역시 기대를 저버리지 않는 멋진 사무실이 등장했다. 그가 디자인했다는 1950년대부터 이어지는 제품들은 지금 봐도 전혀 촌스럽지 않은 세련된 것이었다. 오디오와 디자인으로 유명한 뱅앤올룹슨(B&O)의 디자인을 30년도 넘게 맡았다니 그럴 만도 했다. 사람이라곤 찾아보기 어려울 것 같은 이 한적한 풀밭 가운데 덩그러니 놓여 있는 디자인 스튜디오. 디자인이란 바로 그렇게 한적하고 느린 곳에서 탄생하는 거라고 했다. '빨리빨리'의 반대말, '천천히'. 이제는 그의 아들 티모시가 물려받아 2대째 디자이너 가문을 이어가고 있는 곳에서 느릿느릿 식사를 했다. 식기, 물병, 컵, 포크와 나이프, 무엇 하나 그냥 있는 법 없이 꼼꼼히 선택된 식탁이었다. 양 떼가 곧 등장할 것만 같이 평화로운 초원을 바라보며 유쾌한 이야기가 또 이어졌다.

그리고는 회사의 프리젠테이션이 뒤를 이었다. 모든 디자인의 태동은 목수였던 할아버지에게서 시작되었는데, 이제는 이름 자체로 큰 유산이 된 가문이지만 목수 시절 이야기를 잊지 않고 꼭 들려준다고 했다. 인생을 디자인하는 것 중에 가장 의미 있는 것은 자신의 이름을 가치 있게 만들어 남겨주는 것이다.

그와 함께 일한 적이 있다는 지나는 나중에 이런 이야기를 들려주었다.

"한번은 미팅을 위해서 호텔에서 그를 만나려고 기다리고 있었어요. 그런데 아무리 둘러봐도 아직 나오지 않은 것 같아 우두커니 심각한 표정으로 기다리고 있었는데, 갑자기 화분 뒤에 숨어 있다가 '짠' 나타나서는 나를 놀라게 해 주지 않겠어요. 더 우스웠던 건 그가 하고 나타난 머리띠였어요. 딸이 학교 갈 때 하고 간다는 반짝이 별이 달린 천사 머리띠라는군요. 양복 주머니에 반짝이 별 머리띠를 넣고 호텔 로비에서 해적처럼 숨어 기다리고 있었던 거예요. 하하. 그리고는 저에게 이렇게 이야기해 주었죠. "지나, 너에게 심각한 표정은 어울리지 않아. 힘 빼고 즐겁게 살자고!"

돌아오는 길에 여기저기 바닷가 주변에서 볼 수 있는 거대한 풍력 터빈이 바람개비처럼 큰 원을 그리며 돌아가는 것을 보니, 춥기도 한데 바람까지 많은 나라라는 걸 한눈에 알 수 있었다. 그러나 모진 바람을 풍력 에너지로 만들어 후세에 물려주고 있는 지혜가 바람개비 속에 그려져 왠지 따뜻한 바람이 부는 것 같았다. 나에게도 엎친 데 덮친 격으로 불어오는 모진 바람이 있지만, 주저앉거나 불평하지 말고 즐거운 에너지로 바꾸라고 이야기해 준다. 어떻게? 내 인생에도 서둘러 풍력 터빈 장치를 만들어 봐야겠다.

유연함과
친해지기

덴마크 사람들이 물건을 오래 쓰기 위해 하는 노력들을 보면 눈물겹다. 작은 것 하나도 그냥 버리는 법 없이 전부 활용하는 모습은 볼수록 대단하다. 하나로 여러 가지 기능을, 유연하게 구부렸다 펴서 오랜 시간 사용하는 것을 즐긴다. 듣다 보니 덴마크 사람들은 유난히도 flex라는 말을 자주 쓴다. 영어로 '유연하다'라는 뜻이 들어있는 flex. 고용과 해고를 자유롭게 하더라도 사회안전장치가 생활을 유연하게 받쳐주는 덴마크의 노동제도는 'Flexecurity(Flex+Security : 유연+안전)'라는 합성어를 사용하고, 사람이 살아가면서 일어나는 모든 일에 대해서 유연하게 대처하면서 살아야 한다며 'Mr. Flexi'를 자처하는 사람들도 만난다. 출퇴근 시간도 언제 와서 언제 퇴근을 하든 시간만 효율적으로 사용한다면 자신의 자율에 맞기는 'Flex Time'제로 한다. 함께 일하는 사람들에 대한 철저한 신뢰와 서로를 존중하는 마음이 있어야 가능한 일이리라. 그렇게 각양각색의 라이프 스타일과 다른 무게의 책임을 가진 사람들이 유연하게 적응할 수 있는 문화를 만들어간다.

하나 둘 살펴보니 제품의 이름에도 Flex라는 단어가 심심치 않게 들어간다. 모델 넘버 X는 FlexiLine, 주변환경에 따라서 얼마든지 모양을 맞추어낼 수 있는 기능을 가진 상품이다. 접었다 폈다 하는 유아 욕조 이름은 FlexiBath. 가벼워서 접었다 폈다 하며 어디든 가지고 다닐 수 있고 색깔도 유연하게 여러 가지다. 욕조의 수명을 다하면 장난감 상자건, 화분이건, 정리함이건 어떤 용도로든 사용할 수 있어서 그렇단다. 그러니 용도는 생각하기 나름. 성장하는 아이의 상황에 맞게 침대와 가구 등을 가변적으로 변형시킬 수 있는 가구의 이름은 Flexa, 몸집이 작은 시절부터 커진 시절까지 높이와 길이를 계속 늘여가지만, 어릴 적 사용하던 추억이 묻은 가구라는 점은 여전히 변함없다. 이 나라 사람들, 대체적으로 유연한(flexible)것을 정말 좋아한다. 대쪽같이 유연성 없는 모습은 찾을 수 없고 환경에 맞게 인간이든, 제품이든 유기적으로 오래 지속되는 관계를 위해 서로의 필요를 맞춰 주면서도 원칙은 반드시 지킨다. 어떻게 구부러지든, 펴지든, 사람에게 편안함과 아름다움을 주어야 한다는 그 원칙을 고수해야 Flex라는 이름을 가질 수 있다.

요즘 세상이 빠르게 변하면서, 장기 계획을 세우는 일이 점점 어려워진다고 한다.

"이제는 10년 후에 뭘 할까, 이런 계획을 세우기 정말 힘들어요. 20년 후에 뭘 할지는 더욱 그렇지요. 세상이 흘러가는 방향에는 귀를 기울여야겠지만 지금 하고 있는 거라도 충실하게 잘 해야겠다는 마음이에요."

어느 기업 대표가 한 말이다. 어떤 미래가 펼쳐질지 감지만 하고 있을 뿐, 그 시나리오를 준비하기는 무척 어려워지고 있다. 다만 어떤 변수와 시련이 기다리고 있을지 예상해 보는 것뿐이다. 하지만 방법을 찾았다. Ms. Flexi가 되는 것! 나이가 들어가면서 변화가 점점 두려워지고 나에게 변화가 찾아오지 않기를 은근히 바라지만 그렇게 꾸덕꾸덕 굳어간다면 소통이 되지 않는 할머니가 될 것만 같다. 자꾸 마르지 않게 영혼에 물 주고, 생각의 스트레칭을 해 주면서 변화에 적응하는 내면의 디자인을 시작해 본다. 내 안의 변하지 않는 가치와 원칙들을 고수하면서… 오픈 샌드위치는 열려 있어야 제맛이다.

덴마크 사람들의 집 안 사이드보드나 커피테이블에는 종종 새나 오리로 된 가족 소품이 보인다. 아이들의 공작시간 작품이 아니라 대부분 유명한 건축 디자이너들의 작품인 경우가 많다. 건축가들은 참 다재다능하다. 집만 디자인하고 설계하는 것이 아니라 다른 여러 가지 생활 아이템들도 창조한다. 건축가들이 디자인한 제품만을 만든다는 작은 회사를 만났다. 그냥 팜플릿에 나와 있는 제품으로만 보면 참 씰렁하기 그지없다. 심플한 쟁반, 목공예라고 칭할만한 오리, 새, 촛대, 아이 의자… 생산하는 품목이 많지도 않다. 그런데 그 하나하나에 얽힌 스토리를 듣는 것은 반나절로도 모자란다. 디자이너 자체도 유명한 대가들인데다 1949년이나 1952년에 만들어진 옛날 디자인이다. 심지어 무엇에서 영감을 얻어 디자인했는지, 작품 안에 숨겨진 소유자와의 인터액션이 무엇인지를 느끼고 어떻게 이 물건을 사용하는 사람에게 행복을 주는지를 알게 되면 제품을 보는 눈이 180도 달라진다.

 제품의 비하인드 스토리를 들려주는 후앙과 몰튼의 진지하고 디테일한 설명은 오리 한 마리, 새 한 마리 목공예품을 극진한 예술품으로 태어나게 한다. 한스 뷜링이 디자인했다는 〈오리와 아기 오리〉는 1959년 코펜하겐 프레데릭스베르그(Frederiksberg)에서 일어난 단 몇 분 간의 재미있는 사건을 모티브로 만들어졌다. 길 잃은 오리 가족이 도시 한복판에서 발견되었고 경찰관들이 나서서 이 오리 가족이 무사히 도로를 잘 건널 수 있도록 도운 훈훈한 신문기사를 바탕으로 한스 뷜링은 이 추억을 형상화했다. 추억의 형상화, 그것이 디자인이라는 생각을 해 본다. 음식에도 디자인에도 추억이 들어 있으니, 그 이야기는 계속 사람의 입을 통해 전해져 보는 이들의 마음을 따뜻하게 해 줄 것이다.

 이 새들과 오리는 주인 마음에 따라서 아주 유연하게도 움직인다. 그들은 주인의 미니미가 되어 기분을 표현한다. 슬픈지, 기쁜지, 섭섭한지… 남자와 여자도 몸통을 반대로 움직이면서 얼마든지 표현이 가능하다. 그리고 그들이 모이면 가족이 된다. 가족은 자신의 새를 움직여서 자신이 어떤 기분인지를 표현할 수 있다. 엄마가 아빠에게 삐쳐있는지, 아님 금요일이라 들떠 있는지, 유연한 디자인 가운데 소통이 생긴다.

햇살을
초대하는 방법

　화사한 5월이 되면 나에게 날아오는 이메일에는 온통 햇빛 이야기로 가득하다

　"어머나, 5월에 덴마크에 오신다고요? 당신은 정말 축복받은 사람이네요. 지금 여기의 햇살이 얼마나 눈부신지 말로 설명하기 어려울 정도랍니다. 네. 들러주세요."

　한국에서는 자외선이니 피부 트러블이니 해서 가리는 게 대세인 햇볕이 어떤 나라에서는 축복으로 통한다. 여름에 방문하는 덴마크는 지난 겨울의 어둠을 보상하듯 지지 않는 해를 밤 10시까지 볼 수 있다. 그럼에도 누구 하나 불평하는 이가 없다. 짧은 여름의 햇빛을 간절히 기다렸기 때문이다. 그러니 장소를 선정하는 중요한 기준은 건물 한 면에 커다란 창문이 나 있는지를 확인하는 것이다. 최대한 햇빛을 끌어당길 수 있고, 바깥 자연과 연결된 느낌을 받을 수 있는 유리창이 공간의 첫째 요소다.

한겨울에 북유럽을 가보면 이들이 왜 이렇게 햇빛에 호들갑을 떠는지 알 수 있다. 오전 9시에도 아침 해를 보는 건 가뭄에 콩 나는 수준이고 오후 3시가 넘으면 그나마 힘없이 떠 있던 해가 벌써 질 준비를 한다. 괜히 마음이 알 수 없이 을씨년스럽고 조금은 우울해진다.

　나는 알게 모르게 햇빛에게서 많은 것들을 받으며 살고 있었다. 인간 광합성이란 이럴 때 필요한 건데… 게다가 눈마저 무릎까지 쌓인 날에는 어떻게 눈길을 헤치고 나가서 그 많은 비즈니스 미팅을 해내나 암담해지기까지 하다. 실제로 인구의 몇 퍼센트 정도는 순전히 이 날씨 때문에 우울증을 겪는다고 한다. 그런데 그 어두움 속에서 빛나는 것이 있다. 우울함을 아늑함으로 바꾸어주는 바로 조명! 도시 전체가 예쁜 카페처럼 깔끔한 스타일의 조명으로 반짝거린다. 후미진 시골 사무실에도, 도시의 어두운 골목에도, 반지하의 레스토랑에도, 평범한 가정집에도 이 아늑하고 햇빛을 대신해 주는 조명이 있다. '유사 햇빛'을 만들려는 의지로 그들이 골몰해서 탄생시킨 조명 디자인은 덴마크에 세계적인 명성을 안겨준 분야가 되었다. 조명은 모든 사람들을, 그리고 집에 있는 가구들과 인테리어들을 아름답게 보이게 만드는 마지막 손길이기도 하다. 가지지 못한 것에 대한 미련으로 원망하고 우울해하기보다 없는 것을 극복하기 위해 몰두하면 오히려 세계적인 것이 탄생하기도 한다. 세상에는 아무리 갖고 싶어도 나에게 주어지지 않는 것이 꼭 있다. 그런데 자세히 살펴보면 그것을 '극복해 낼 능력'이 대신 주어져있다.

그렇게도 좋아하던 시드니의 오페라 하우스가 실은 덴마크 건축가인 요른 우츤(Jørn Utzon)의 작품이라는 것도 새로 알게 된 사실이었다. 이 아름다운 건축 디자인을 이웃 나라에 선물하다니! 마음씨도 좋다는 생각이 절로 드는 건축물. 오페라 하우스를 보면 항상 햇살에 반사되어 보석처럼 빛나는 시드니 하버 브리지의 물결이 생각나고는 했다. 햇살이 흐드러진 축복받은 나라 호주. 그런데 이 건축물이 조명으로 만들어졌다고 하여 미리부터 호기심이 가득했었다. 이 조명을 보게 된 순간, 나는 시드니의 하버 브릿지를 항상 가득 채우고 있는 햇빛이 조명 안으로 들어온 듯한 착각에 빠지고 말았다. 햇빛에 있어서만은 정반대에 있는 두 나라. 어디에서든, 어떤 방법으로든 마음에 빛을 들이며 살아가는 것이 삶이다.

평생 오렌지색 머리카락을 고수하며 살아가고 있는 이 유쾌한 여사장님. 자신의 헤어 드레서가 33년째 염색을 해준다고 했다. 회사의 로고며, 사무실 분위기도 모두 오렌지색으로 꾸몄다면서 사무실 사진을 보여주었다. 오렌지색이 그렇게 매력적인 색깔인지 예전에는 잘 몰랐는데, 오렌지색 중에서도 세련된 색감으로 보기 좋은 자리마다 잘 배치했더니 공간이 무척이나 화사해 보였다. 공간에 햇살이 깃든 듯했고, 그녀와 하는 대화 역시 함박 터지는 웃음이 끊이질 않았다. 그녀는 이렇게 덧붙였다.

"여기에서는 웃지 않으면 안 돼요. 웃지 않고는 살 수가 없지요. 어둡고 우울하니까. 많이 웃는 게 어두움을 극복하는 비법이에요."

그녀는 그런 방법으로 집 안에 해를 들이고 있었다. 행복하기 때문에 웃는 것인가, 행복하기 위해서 웃는 것인가. 언제부턴가 인생을 웃음으로 디자인하는 것은 가장 쉬운 일이면서 가장 어려운 일이 되었다. 그러나 그것이 인생에 햇빛을 들이는 비결임에 틀림이 없다. 누군가 나에게 조용히 말해 준 적이 있다. "어딜 가더라도, 어느 때라도, 웃음으로 반짝이세요."라고. 그게 우리 마음의 조명이다. 마음에 이따금씩 햇살이 사라질 때가 있다. 요즘은 많은 사람들의 마음에서 볕이 사라졌다가 다시 뜨곤 한다. 내 마음도 예외가 아니다. "우울증이 너무 깊어지는 것 같아"라는 이야기를 심심찮게 듣는다. 햇빛이 사라진 듯한 인생, 그럴 땐 마음에 조명을 켠다.

겨울에 찾았던 덴마크의 디자인 전시회에서는 어둠에서 깨어나라는 주문을 걸어놓은 듯 온갖 색상들이 나를 위로해주었다. 유틀란드 반도 헤닝(Herning)에서 매년 열리는 Formland 전시회는 정말이지 'in the middle of nowhere(어딘지 알 수 없는 곳의 중간)'이라는 표현이 걸맞은 또 다른 허허벌판이었는데, 그 안에 자리 잡은 디자인 전시는 하루가 걸려도 다 보지 못할 만큼 눈이 호사를 누리는 시간이다. 제각각 다른 모양들로 뽐내고 있는 디자인 제품들을 보자면 도무지 추운 날씨나 어두운 바깥이나 신경 쓸 겨를이 없다. 강렬한 색상들과 수려한 디자인들이 제각각 세련되게 매치되어 있다. 한 부스를 지나가다 함박웃음을 터뜨리고 말았다. 회백색의 화장실을 코믹하게 바꾸어줄 것 같은, 어디서도 본 적 없는 색상의 화장실 휴지가 줄지어 걸려 있었기 때문이다. 나도 우리 집 화장실에 저런 휴지로 포인트를 주고 싶은 생각이 들었다. 날씨는 우중충하고 회색빛인데, 그나마 이렇게 화려한 색상들이 즐비하게 있어 지루하지 않은가 보다. 그에 비하면 우리는 색의 축복을 별로 누리지 못하는 듯하다. 사실, 무난한 색이 편하다. 색을 어떻게 조합하는지 모르면 자칫 망칠 수도 있어 조심스러우니까. 북유럽 디자인에 과감한 색상이 들어가는 건 그들의 어두움과 무관하지 않다는 생각이다. 그들은 햇볕의 특혜를 누리지 못하는 대신 색의 축복을 과감하게 누린다.

행복을 선물하는
디자이너

 디자인에 대한 선입견과 편견이 사라진 건 인덱스라는 디자인 기관을 만났을 때였다. 인덱스는 '더 나은 삶을 위한 디자인'이라는 부제가 더 감동적인데 심미적인 요소를 넘어 삶을 더 풍성하게 만들어주는 디자인이라는 포괄적인 의미를 담고 있다. 그들이 입에 달고 다니는 '삶의 질'을 향상시키기는 데에 공헌하기 위해 세워진 곳이라고나 할까. '인덱스 어워드'는 거액의 상금을 주는 디자인상 수여부터 시작해 디자인을 위하고, 디자인 그 이상의 이야기를 전해주는 곳이다.

 디자인은 나에게 무엇이었을까? 내가 입고 있는 옷, 들고 있는 가방, 마시고 있는 컵, 앉고 있는 가구 등이 내가 바라보는 세계의 전부였을지 모른다. 인덱스는 다섯 가지 영역으로 디자인의 주체를 나누고 있다. 인체(Body), 주거(Home), 일(Work), 놀이(Play), 공동체(Community)인데 생각해 보면 이 다섯 가지가 행복할 때 우리는 비로소 완벽에 가까운 행복을 누리게 된다. 우리 삶의 영역을 온전히 아우르는 디자인을 추구하는 인덱스는 그런 이유로 인공항문 개발에 디자인상을 수여하고, 생활 편의 업무인 콜 서비스 회사에 디자인상을 수여하기도 한다. 뿐만 아니라 인권 단체 역시 디자이너로서 상을 받았다. 디자인이라는 영역의 경계를 무너뜨린 '인덱스 어워드'는 문화와 지리적인 환경요소를 중요하게 여긴다. 아프리카, 아시아, 유럽 등 자신이 태어난 나라를 행복하게 만드는 디자인일 때 더 큰 의미를 부여한다. 모두가 글로벌 인재를 지향한다고 해도 자신이 뿌리를 내린 땅에서 착한 디자인을 보여주는 것도 의미 있는 작업이며, 삶을 향상시키고 디자인을 누리는 사람들에게 행복을 전하는 것이 바로 굿 디자인이다.

인덱스에게 디자인의 의미란 존 헤스켓 교수의 정의를 따른다고 했다.

"디자인이란 인간이 자신의 필요를 만족시키고, 인생에 의미를 주는 방향으로 모양과 환경을 만들어가는 바로 그 능력이지요. 사람들은 디자인이란 단순히 제품을 아름답게 만드는 것에 그친다고 생각하고 있지만요."

설리번이 갈매기 조나단 리빙스턴에게 했던 말이 떠오른다.

"삶에는 먹거나 싸우거나 무리에서 권력을 얻는 것보다 더 많은 의미가 있다."

필요를 만족시키면서도 인생에 의미를 주는 방향으로 나아가는 일이라면 우리 모두 디자이너가 된다. 각자 인생의 디자이너로 업그레이드되는 순간이다. 소수의 사람들이 직업을 디자이너로 선택하지만 지금 내가 처한 상황, 현재의 위치에서 우리는 모두 작은 디자이너들이다. 물론 나에게 주어진 상황을 긍정적으로 디자인하고 선한 영향을 주며 살아가는 해답을 찾는 것은 나의 몫이지만. 인덱스는 인류의 과제를 디자인적 사고로 풀어가는 교육을 시작했는데, 과잉 도시화로 인한 문제와 에너지 부족, 아프리카의 식수 부족 등 인류의 당면 문제들을 디자인을 통해 풀어내는 방식을 시도하고 있다. 어쩌면 나와 직접적인 영향이 없는 문제들처럼 보이지만, 나의 필요가 채워졌다면 인생에 의미를 주는 방향으로 전환하는 것이 '디자인'의 능력이다. 그러니 그들이 종종 말하는 디자인의 민주화란, 모든 사람들이 함께 아름다움을 누릴 수 있게 됐다는 의미이자 내 스스로 나의 인생을 디자인해 볼 수 있는 권리를 가졌다는 의미이다. 나아가 세상을 더 나은 곳으로 만들고 행복을 선사할 수만 있다면 나도 디자이너가 될 수 있다는, 크고 소중한 의미를 남겨주었다.

천천히 가도
미래는 열린다

'부모'가 되었을 때, 아이의 첫 울음소리를 듣고 처음으로 얼굴을 마주했을 때의 느낌은 언제 떠올려도 기분이 좋아진다. 아이러니하게도 몸은 퉁퉁 붓고, 세상에 태어나 가장 큰 육체적 고통을 맛보는 순간이나 평생토록 잊고 싶지 않은 순간이다. '학부모'가 된 첫날도 그렇게 뿌듯할 수가 없었다. 책가방을 메고 등교를 하는 아이를 보는 일이란! 그런데 학부모가 된 현실 속에서는 마치 전쟁터에 들어선 사람마냥 앞이 막막해졌다. 사랑과 대화를 나누는 시간보다 좋은 대학과 성적을 향해 달려가느라 바빠, 아이들을 볼 수 없는 시간이 더 많아졌다. 함께하는 시간이 줄어든 만큼 행복은 반으로 줄어들었다. 우리가 사랑을 나누어야 하는 그 시간은 어디에서 보상받을 수 있을까?

그때 떠오르는 이들이 있다.

학교에서 공부를 너무 많이 시키면 아이에게 스트레스가 될까 봐 걱정한다는 덴마크 엄마들.

"우리 집 아이가 학교에 갔다 와서 하는 거요? 음. 정원에 있는 새들한테 모이 주고, 아빠와 같이 요리하는 거 거들고, 정원에서 빨래를 걷어서 차곡차곡 옷장에 넣는 것… 아마 그런 거지요?"

학교에서 돌아오면 정원에 있는 새들에게 모이를 주는 아이와 학교에서 돌아오기가 무섭게 또 다른 수업을 들으러 가기 위해 다른 모양의 가방을 챙기는 아이는 나중에 얼마나 다른 정서를 가지게 될까. 혼자 곰곰이 생각해 보았다. 체육마저도 과외가 필요해 유아 시절부터 놀이체육센터를 가야 한다는 이야기를 듣다가 다시 북유럽 쪽으로 시소가 기울면 이런 대화가 오간다.

"놀이체육? 오늘 아침에도 출근하기 전에 아이가 나를 실컷 타고 놀고, 집안에 있는 소파며, 미끄럼틀이며 집에 있는 모든 걸 이용해서 계속 운동을 하고 있으니 이미 집에서 다 하고 있는 셈인걸? 기어 다니는 아이한테 벌써부터 체계적인 운동이 필요한가? 엄마, 아빠와 살을 부대끼며 노는 것이 아이에게 놀이체육 아니니?"

그래서 나는 나를 아이들의 놀이터로 만들어주기로 했다.

아이의 시간을 엄청나게 먹어 치우고 있는 것은 영어 공부였다. 영어가 우리에게, 그리고 우리의 아이들에게 그렇게 스트레스를 줄 입장과 처지는 아닌데, 그렇게 하지 않으면 '강심장'을 가진 엄마라는 소리를 들으니 안 할 수도 없어 끌려가기도 한다. 그러다가 북유럽 사람들을 보면 참 편리하다. 그들의 이력서에 나오는 할 수 있는 언어의 개수는 대략 두어 가지 혹은 서너 가지. 유럽은 워낙 나라들끼리 다닥 다닥 붙어 있어 언어들이 서로 비슷한 편이다. 상대적으로 외국어 습득이 쉬운 그들이 부러워진다.

비즈니스 미팅을 하면 꼭 빠지지 않는 게 한국의 영어 소통에 관한 일이기 때문에 자연스럽게 영어에 대해 이야기를 할 기회가 많았다. 덴마크는 덴마크어라는 자국어를 쓰지만, 그들의 영어 소통률은 유럽 내에서도 상당히 높은 수준이다. 덴마크 아이들은 과연 어떻게 영어를 공부하는 걸까, 매번 물어보기도 했다. 그랬더니 하나같이 하는 말은 더빙이 되지 않은 영어 TV프로그램을 보면서 공부했다는 이야기를 해 주었다. 100이면 100 모두. 덴마크어와 영어는 가까운 거리의 언어라서 그 방법을 그대로 우리가 꼭 따라 할 수만은 없지만, 나도 실은 곰곰이 생각해 보면 영어를 TV로 공부했던 기억이 있어 그 말을 꾹 믿고 한번 해 보기로 했다. 영어로 된 TV프로그램을 매일 한 시간씩 재미있게 보여주기로 한 것. 이걸 벤치마킹 했더니 덕분에 돈이 많이 들지 않았다. 열심히 영어 공부를 한 아이들만큼 빠른 속도로 영어를 잘 하는 아이들이 된 것은 아니지만, 듣기를 어느 정도 습득해서 그 다음 단계의 학교 수업을 따라가는 데에 무리가 없는 정도가 되었다. 발음과 억양은 TV프로그램에 나오는 대로 습득한 것은 물론이다. 영어를 공부하는 시간에 유치원에서 배워야 할 다양한 경험을 쌓고 정서를 키웠으며 유창한 한국어 실력을 익힐 수 있었다. 언어를 배우는 것은 오랜 시간이 걸리기 때문에 빨리 해치울 수 없는 것이라는 사실을 상기해 보면, 종종걸음으로 더 많이 걷든지 느리지만 큰 보폭으로 걷든지 목표에 다다르는 템포는 어느새 같아질 거다. 그런데 우리는 언어를 배우는 것도 마음이 바쁘다. 당연히 처음 말을 배울 때는 2, 3년간 벙어리 신세로 듣기만 하고, 그런 후에야 두 살, 세 살 될 때 말을 시작하게 되는데 다짜고짜 문자를 들이대며 처음부터 읽기를 잘 하는 아이가 되기를 바라는지도 모르겠다. 덴마크 사람들은 정규 영어 교육을 9살 정도에 시작한다. 그러나 그때 이미 어느 정도 영어 듣기가 가능한데, 이는 더빙이 되지 않은 영어 TV프로그램에 어릴 때부터 노출되기 때문이라고 했다. 조급해 하지 않는 사람들. 영어에 투자하는 시간과 비용만 줄여도 우리 아이들이 조금 행복해질 것 같은데, 왜인지 다들 영어라는 상자에 갇혀서 헤어나오질 못한다.

국제사회에서는 다양한 영어를 만나게 된다. 인도영어, 스페인영어, 싱가폴영어… 각자 자신의 언어가 녹아있는 영어를 하는 사람들이 가득하다. 꼭 완벽히 영어를 하는 사람이 되는 것이 최고로 가는 길도 아니었다. 오히려 내가 하는 말 안에 사람의 마음을 감동시키는 내용이 얼마나 담겨있는지 그 점이 더 중요하다는 것을 느끼게 된다. 영어를 잘 한다고 감동하는 세상은 이미 지나갔기 때문인지도 모르겠다. 영어로 말을 하고 있다는 것은 대화를 하고 있는 상대방이 나와 다른 나라 사람일 것이 분명하기 때문에, 그를 배려하는 마음을 담아서 말하는 사람이 되는 것이 먼저다. 그런 사람이 훨씬 매력적이다. 그러니 사람의 인성과 정서, 인격을 만드는 데에 영향을 주는 나의 행동을 돌아보는 것이 더 나은 일이다. 세계가 하나가 된 요즘, 우리 아이들이 영어쯤은 천천히 곧 잘하게 될 거라는 사실을 꾹 믿어본다. 스트레스가 적어 마음에 분노를 많이 쌓지 않은 아이들은 자라서 상당 수준의 '범죄가 없는 세상(Crime Free Society)'을 저절로 만들어내는 어른들이 된다고 북유럽 사람들은 나에게 이야기해 주었다. 그런 세상, 현실에서 만들어낼 수는 없다지만 우리 아이들을 위해서 꿈은 꾸고 싶다.

북유럽이 어린이와 청소년 위한 천국이라는 이야기가 있지만, 덴마크에도 사회에서 포기한 청소년들을 위한 학교가 있다. 피아는 그 학교의 선생님이었다. 사회가 안정되고, 반듯해 보이는 이 나라에도 어두운 구석은 존재하기 마련이다. 오늘은 또 어떤 아이가 화장실에서 자해를 하고 있을지, 이번엔 또 어떤 종류의 마약을 들고 등교를 할지, 매일 아침 걱정이 된다는 그녀. 제발 오늘만은 무사히 지나가기를 기도한다고 했다. 그러나 그 팍팍하고 만만치 않은 학교생활에서도, 그 중에 단 한 명만이라도 제대로 된 삶을 살 수 있게 자신이 도울 수 있다면 그것으로 자신의 인생은 가치가 있다고 말하는 그녀에게서 살아갈 수 있는 원동력을 발견한다.

티나는 비행청소년들이 사회로 돌아올 수 있게끔 돕는 일을 한다. 왜냐면 자신이 바로 그런 청소년기를 거쳤기 때문이다. 더 많은 불행이 존재하더라도, 그 곳에 기회와 가능성을 전하려는 노력이 존재한다면 반드시 희망은 있다. 나 역시 초승달의 얇게 빛나는 부분을 조금이라도 보름달에 가깝게 늘여보고자 애쓰다가 생을 마감할 수만 있다면 그것만으로도 의미 있지 않을까 되뇌어 본다.

"우리 교육이요? 아이들의 자유 시간이 많아 문제라고나 할까요? 방과 후 시간은 내내 'Free time home(자유시간의 집)'이라는 곳에서 놀이를 하며 보내요. 부모님이 일을 마치고 돌아오실 때까지 말이죠. 그 곳에도 선생님들이 있기는 하지만 그들은 뭘 가르쳐 주는 선생님이 아니라 같이 놀아주는 선생님이에요. 부모들도 아이들이 공부 양이 너무 많아 스트레스를 받는 건 아주 싫어하지요. 숙제요? 조금 있는 편이죠. 한국에서 배워야 할 점이 정말 많네요. 교육은 정말 중요하니까요. 그런데 아이들이 그렇게 늦게 잠자리에 든다고요? 가족끼리 저녁을 먹는 시간에 학원을 간다고요? 그렇게까지 심하게 공부하지는 않아요… 후후"

"한국에 당부하고 싶은 말이요? 음… 글쎄… 아이들의 눈을 보았는데, 너무 지쳐 보여요. 열심히 공부하고 열심히 살아가는 것도 중요하지만 스트레스와의 사이에서 균형을 좀 맞춰줘야 하지 않을까요? 마음이 좀 안됐네요. 일반적으로 이야기해서 덴마크의 학생들은 상당히 행복하다고 느끼는 편이거든요. 한국 학생들에게도 행복하다고 느끼는지를 가끔씩 물어봐 주세요."

자녀 걱정에 늘 마음이 바쁜 한국 엄마들과 대화를 나누며 불안해질 때면 덴마크 사회에 한 발 담그고 있는 것이 큰 상쇄 지점이 되었다. 덴마크의 느긋한 엄마들을 떠올리며 위로받을 수 있으니 말이다.
"지금 잘 못하면 내년에 또 하면 되지요."

공부도 과속으로 달려가는 선행학습 이야기들로 불안할 때 극과 극의 이야기를 듣고 나면 머릿속에 산소가 공급된다. 내 상자 안만 들여다보지 않고 그걸 넘어가면 다르게 사는 사람들의 이야기가 있다. 그리고 어느 곳에 있더라도 변하지 않는 진실은, 아이들은 나의 소유물이 아니라는 거다. 사람은 소처럼 등급을 매길 수 있는 것이 아니라 본디 귀하게 태어났다는 사실, 그리고 우리는 서로 사랑하고 함께 있기 위해 태어나고 만난 가족이라는 사실을 시험과 명문대 앞에서 종종 잊고 만다. 더 좋은 학교, 더 좋은 마을, 더 좋은 직장을 찾아다니는 것은 나름대로 의미 있는 일이다. 하지만 이름 없는 작은 학교, 작은 동네를 빛내는 사람이 되는 것은 더없이 아름답다.

"덴마크 사람들이 왜 행복하다고 느낄까요?"라는 물음에서 들었던 대답 중 하나는, 모든 사람들이 같은 출발선에서 시작할 수 있기 때문이라고 했다. 그것은 동등한 질의 교육을 가난한 자나 부자나 똑같이 가질 수 있기 때문에 경쟁의 질 또한 같다는 말이 아닐까?

"우리 아이가 교육을 통해서 좋은 삶을 살 수 있으리라는 사실에 의심이 없어요."

이 말을 듣고 나와 주변을 돌아다보니, 수 만 가지 교육을 덧붙여 시키면서도 아이의 미래에 대해 끊임없이 의심하고 있었다. 나와 아이의 평화를 훔쳐가는 이 의심과 불안. 또 한 가지 중요한 행복에 대한 답변은 '대화'이다.

"우리는 끊임없이 대화하지요. 어떤 고통에도 끝까지 대화로 풀어

냅니다. 그게 행복할 수 있는 원천 아닐까요?"

민음과 대화, 이 두 가지에 대해 깊이 생각하는 계기가 되었다. 우리 아이들이 멋지게 자라갈 것을 믿어 의심치 않는 마음과 끊임없이 대화하는 것, 그것이 우리의 미래가 행복해질 수 있는 단서 중 하나가 될 거라고 믿는다. 상자 속에서 정답과 공식을 외우듯이 공부하는 것이 아니라, 상자 밖으로 나와 행복을 말할 수 있는 아이들이 될 수 있다면… 그리고 우리 아이들의 얼굴에 언제나 미소가 그치지 않을 수 있게 하는 방법이 있다면, 무엇이라도 하고 싶다.

보이지 않는
라이프 스타일

샌드위치를 만들다 보면 초심을 잃고 주위의 평가에 더 귀를 기울일 때가 있다. 나에게 맛있는 샌드위치가 아니라, 남들 보기에 그럴듯한 샌드위치를 만드느라 무리를 하게 된다. 감당할 수 없을 만큼 많은 토핑을 올려놓고, 자꾸 주변의 의견에 흔들려 샌드위치가 샐러드가 되어간다면, 지금이 나를 찾아가는 작업을 다시 시작해야 할 시간이다. 나의 취향과 필요한 재료, 어떤 컬러와 질감의 샌드위치를 계획했는지 되짚어간다. 아, 잊지 말아야 할 것은 '배려'의 소스로 꼭 마무리해야 한다는 사실이다. 소스가 없는 샌드위치는 무척이나 퍽퍽하니까.

완성된 샌드위치가 꽃을 피우는 순간이 온다면, 다른 사람들과 꼭 함께 나누어 먹는다. 삶의 마지막 순간까지 인생 샌드위치의 덮개를 열어둔다면 계속 새로운 재료가 올려질 것이다. 세상에는 고체 덩어리를 먹을 수 없어 유동식을 튜브에 끼워 넣어 몸 속으로 집어넣어야 하는 아픈 사람들도 있고, 지구 상 어느 곳에서는 진흙 쿠키를 한 끼로 먹는 아이들이 아직도 존재하고 있으니 샌드위치를 먹을 수 있다면 그건 분명 특별한 축복이다. 진정 감사한 일은 이 무한히 열려 있는 인생이라는 샌드위치가 나에게 공짜로 주어졌다는 사실이다.

꿈
꺼내기

이런저런 현실의 고민과 문제에서 잠깐만 비켜서 보면, 살아 숨 쉬고 인생을 꾸려가는 것 자체가 꿈만 같다. 어린 시절 생각하고 꿈꾸던 것을 하나씩 천천히 이루어 갈 때, 또 어느 순간 행복하다고 느끼는 그 찰나, 바로 이런 2%의 결실을 위해 98%의 노력을 기울여 살아가는 것이 인생 아닐까?

삶의 중턱에 서면 아주 어릴 적 공상이라고 느꼈던 꿈을 꺼내고 싶어질 때가 있다. 닐스의 여동생 이야기를 들었을 때였다.

"내 동생은 컴퓨터 그래픽 일을 하고 있어. 그런데 얼마 전에 그녀가 무슨 일을 저지른 줄 알아? 그녀가 사뒀던 집의 시세가 상당히 올랐었거든. 요즘 전 세계가 다 그렇듯이. 좀 더 두면 더 오를지도 모른다고 다들 생각했지만, 그녀는 생각했던 것을 실천할 때가 되었다면서 집을 팔았어. 더 이상의 욕심도 없이. 그리고는 교외에 그림처럼 아름다운 땅을 사서 아이들을 위한 아담한 승마 학교를 열었지. 얼마나 아름다운지…. 네가 본다면 아마 탄성을 지를 텐데!"

'아, 누구나 마음속에 다른 사람들이 예상치 못하는 꿈을 하나씩은 가지고 있지.'라고 머릿속으로 중얼거리고 있을 때 그는 다시 덧붙였다.

"우리 남매는 부모님에게 그렇게 배웠어. 꿈은 꼭 이루어야 하는 거라고. 인생은 한 번밖에 없잖아."

그녀는 생계를 위해 여전히 컴퓨터 그래픽 일을 하고 있는지 모른다. 그러나 아이들과 함께 초원에서 말을 달리는 그 순간이 더해져 더욱 멋진 인생이 되었을 것이다.

"생각해 보니 나도 그랬거든. 회사 성장 매년 25%, 그리고 세계적 디자인상을 수상하기. 그걸 해낼 거라고 사람들한테 이야기하고 다녔어. 아무도 믿질 못했지. 그 당시 우리가 그런 역량을 가졌다고는 생각하지 못했으니까. 그런데 바로 그 일이 3년 후에 일어나고 말았어. 3년 전 내 일기장을 꺼내보니 바로 그 꿈이 적혀 있더라고!"

이 용감한 남매는 어른이 된 후에도 꿈꾸는 걸 멈추지 않았고, 그 꿈을 꺼내어 당당하게 펼쳐 놓는 것을 두려워하지 않았다. 마법처럼 꿈을 이루는 동력은 거기서 나오는 것일까?

내 마음에 쏙 드는 디자인으로 유아용 침대를 만드는 회사가 있었다. 아이들이 다 커버린 후에 그 회사를 만난 걸 아쉬워했을 만큼 예쁜 흔들 요람과 아늑한 침대를 만드는데, 작은 메추리의 둥지에서 디자인의 영감을 얻었다고 한다. 자연의 일부를 집 안으로 들여오는 건 역시 남다른 예술가의 시각이라고 단정 지었을 때, 그 가구를 만들었다는 사장님의 스토리는 천재 디자이너의 성공담과는 거리가 멀었다. 여가 시간에 잠시 목수로 변신해 아이들 가구를 만들던 취미가 회사의 시작이었기 때문이다.

"내 아이 가구를 만들었더니 옆집 아이도 만들어 달라고 하고 친구도 자기 아이 것을 만들어 달라고 하지 않겠어요? 그래서 하나 둘 만들다 보니 이제는 전 세계 아이들을 위해 가구를 만들고 싶다는 꿈이 생긴 거예요. 그 꿈이 나를 여기까지 이끈 것 같아요."

여가 시간에 하던 취미도 하찮게 볼 일이 아니다. 취미가 특기가 되고 거기에 꿈을 더하면 어떤 일이 벌어지게 될지 아무도 모르니 말이다. 게다가 예술가란 처음부터 정해져 있는 것도 아니며 예술가의 눈에만 새 둥지가 침대로 보이는 것도 아니다. 평범한 사람에게도 분명 존재한다. 예술가의 창조성은.

겨울에 갔던 코펜하겐의 호수들은 극심한 추위에 꽁꽁 얼은 데다가 눈까지 산더미처럼 덮고 있었다. 오랜만에 만나는 친구들과 저녁 식사를 하던 중 엉뚱한 울릭이 자꾸 나를 꼬드기기 시작했다.

"여기 호수들이 이번에 정말 꽁꽁 언 거 알지? 얼음 호수 위를 한 번 걸어보는 거 어때? 얼마 전에 내가 해봤는데, 기가 막히게 기분이 좋더라고. 코펜하겐 얼음 호수 위를 걷기. 기억에 남을 거 같지 않아?"

옆에 앉아 있던 다른 친구들은 키득키득 웃기만 한다. 내가 호수에 빠지는 걸 상상하고 있었을까? 하지만 그 순간에도 공상 아줌마인 나는 문득 루이자 메이 올컷의 '작은 아씨들'에 나오는 한 장면을 떠올렸다. 막내 에이미가 얼음 호수를 건너다가 얼음이 부서지는 바람에 호수에 풍덩 빠지는! 그렇지 않아도 추운 날 여러 개의 비즈니스 미팅을 한 직후라 온몸이 얼얼하고 생각도 정리가 안 돼서 뒤숭숭한데, 호수에 빠지는 상상을 하니 몸이 더 얼어붙는 거 같았다.

"절대 얼음이 깨지는 일은 없어. 아주 두툼하게 얼었다고!"

아름다운 코펜하겐의 겨울 호수는 젊은이들의 얼음 워킹 도전 코스라는데 이 용기 없는 아줌마는 결국 절대 못한다고 두 손을 들었다. 이 머나먼 곳까지 와서 동상에 걸릴 수는 없지!

"생각이 바뀌면 전화해. 내일도 호수는 얼어 있을 거야!"

인생은 얼어붙은 호수를 건너는 일과도 같다. 내 무게를 견뎌줄 정도의 단단한 얼음이 준비되어 있어도 새로운 일에 선뜻 발을 떼지 못한다. 얼음이 깨지는 상상부터 먼저 하니까. 꿈을 꺼내는 일도 그렇다. 잘 되면 얼음 호수를 성공적으로 건너가는 모험을 할 수도 있지만 자칫 얼음이 깨지고 빠질지 모른다는 두려움이 앞서는 일. 그래서 대부분의 사람들은 안전한 호숫가 주변 잔디에서 모험을 하는 사람들을 바라보는 것으로 위안을 삼는다. 괜히 호수에 빠져 민폐를 끼치는 것보다는 이게 낫다고 스스로 위로하면서.

아주 오랫동안 꽁꽁 숨겨놓은 꿈이 있었는데, 그건 노래였다. 너무 소박하기도 하고 현실성도 없어 보여 어른이 되어서는 이야기하기 어려운 꿈이었다. 일도 하고 아이도 키우는 여자에게 노래에 투자할 시간은 약에 쓰려고 해도 없어 불가능한 일인 듯했다. 하루는 덴마크 동료가 이런 이야기를 해줬다.

"얼마 전에 내가 갔던 행사 있잖아. 정말 한국 사람들의 예술 감각은 너무 탁월해. 행사와 식사 내내 흐르던 그 오케스트라의 연주는 그야말로 훌륭하더라고. 보통 사람들도 노래를 했다 하면 대부분 다 잘하고. 너희 민족에는 예술의 피가 흐르는 거 같아. 그런데 그게 너무 흔해서 그런지 한국 사람들은 별로 감탄하지 않는 거 같아. 나 혼자 오케스트라한테 가서 연주가 너무 훌륭했다고 얘기해 주었다니까! 다른 사람들은 그냥 다들 그런가 보다 하면서 지나가는 거 같았어."

'아, 어쩌면 나도 바로 이 민족이니까 예술의 피가 흐르고 있어서 그런 건지도 모르겠네.'

그때부터 노래를 부르고픈 꿈이 조금 덜 부끄러워지기 시작했다. 우리 모두에게 음악이 들어있다고 하지 않던가! 언젠가 한 번 모임에서 노래를 부른 적이 있었는데, 그날부터 덴마크 동료가 나에게 조금씩 불을 지피기 시작했다.

"이번 크리스마스에 뭐했니? 뭐? 노래를 하지 않았다고? 이런, 너무 심심한 일이다. 노래를 했어야지."

그의 격려에 힘입어 용감하게 얼음 호수를 건너가 보기로 했다. 바로 노래를 배우기 시작한 거다. 엄마라는 직업을 가진 사람이 이런 결정을 하기란 쉽지 않다. 아이들에게 모든 것을 집중하는 것이 보편화된 사회에서는 더욱 그러하며, 여자란 엄마가 되는 순간부터 자연스럽게 삶의 우선순위는 내가 아니기 때문이다. 게다가 '내가 성악가가 될 것도 아닌데 뭘 이런 걸 할까?'라고 생각하다가도 다시 생각은 '감춰둔 꿈을 꺼내보는 것도 괜찮지 않을까?' 하는 쪽으로 기운다.

"요즘 새로운 공부를 시작했어요."라고 말하니, 모두들 무슨 MBA 공부나 석사 공부를 시작했다고 생각하는 듯했다. 먹고살기 위해 필요한 공부. 늘 우리가 먹어오던 그런 재료 말이다.

인생 중반에 포기하거나 잊고 있었던 꿈을 꺼내보는 일은 오픈 샌드위치에 새로운 재료를 시도해 보는 것과 같은 일이다. 나 역시 용기를 내서 시작하고 보니 새로운 도전과 취미에 열정을 바치는 사람들이 꽤 많았다. 노래를 하고 싶었거나 그림을 그리고 싶었던 사람들, 가야금을 타고 싶었던 사람들……. 이렇듯 우리 안에는 예술적인 갈망이 하나씩 들어있다.

나는 함께 노래할 사람들을 만났고 육아와 직장 사이에서 해소하지 못했던 스트레스들을 호흡으로 꺼내 뿜으며 괴로움을 음악으로 날려 보냈다. 인간에게 주신 소리라는 악기는 우리에게 주어진 큰 선물이라는 생각이 들었다. 누구나 언제 어디서든 꺼내어 볼 수 있는, 이미 내 안에 들어있는 치유가 바로 노래다.

그뿐인가.

성악 선생님이 물었다.

"눈이 녹으면 무엇이 되지요?"

"물이요."

"아니요. 눈이 녹으면 봄이 오지요."

과학적이고 썰렁한 대답을 하던 '어른'에게 새로운 대답을 알려주는, 어릴 적 감성을 다시 일깨워주는 시간이기도 했다.

"음에 매달려 있지 말고 놓아야 해요. 놓아도 절대 절벽 아래로 떨어지지 않아요."

음을 놓지 않고 음에 얽매여있는 건, 오랜 시간 자신이 만들어 놓은 어떤 끈에 매달려 살아가는 어른이 노래를 처음 배울 때 겪는 고초이다. 그러나 그렇게 조금씩 놓으면서 자유로워지는 법, 상상력을 통해 무엇이든 바꿀 수 있고 이룰 수 있다는 것을 알아가기도 한다.

꿈을 꺼내놓는 용기도 한 발씩 배워간다. 칼릴 지브란이 우리에게 이야기해 주었던 것처럼 인간의 몸은 영혼의 하프이니, 아름다운 음악을 만들어낼지 아니면 시끄러운 소리를 만들어낼지는 온전히 우리 자신에게 달려있다. 내가 다시 꺼내는 꿈은, 내 삶에 그리고 다른 사람들의 삶에 아름다운 소리를 만들어내는 사람이 되는 거다. 아직도 서툰 삶의 음악이라, 종종 삑! 얼음이 깨지는 삑사리를 내기도 하지만……

삶은
파티입니다

이자크 디네센(Isak Dinesen)이라는 필명으로 유명한 덴마크의 작가 카렌 블릭슨(Karen Blixen)은 〈Out of Africa〉로 우리에게 알려졌다. 안데르센과 함께 덴마크를 대표하는 작가로 노벨상 후보에 두 번 올랐으나 아쉽게도 헤밍웨이와 카뮈에게 영예를 양보했다. 그러나 그녀가 남긴 책들은 지금까지도 큰 여운을 남기고 있다.

그녀의 책 〈바베트의 만찬(Babette's Feast)〉에는 세상을 철저하게 등진 채 경건함과 금욕만을 강조하며 살아가는 금욕주의 신도들의 이야기가 나온다. 노르웨이 피오르 지역의 조그만 산골 마을에 사는 마르티네와 필리파 두 자매는 목사이자 마을 사람들의 정신적 지도자인 아버지를 먼저 보낸 후, 조용히 마을 사람들에게 봉사하며 살아가고 있었다. 세상에서 나오는 기쁨은 모두 쾌락이라고 생각하여 철저히 배제하며 살아간다. 음식을 맛있다고 평하는 것 또한 그러하여 절대 감동하거나 칭찬하지 않는, 기쁨과 은혜가 사라져 버린 곳이다. 교회도 마을도 늘 생기가 없다. 이 세상은 썩어질 곳이니 오직 새 예루

살렘만 쳐다보며 살아간다. 옷은 항상 색깔이 없는 검은색 옷이나 회색 옷만 입으며, 음식도 언제나 삶은 대구와 빵을 물에 불려 끓인 빵죽뿐이다. 심지어 소금도 넣지 않은! 찬송해야 할 혀로 맛의 쾌락을 느끼는 건 죄가 될까 두려워한다. 신도들은 목사가 세상을 떠난 후 여전히 모여서 교제를 나누지만 서로 헐뜯는 일에 시간을 점점 할애하기 시작한다.

결혼도 하지 않은 채 노인들을 돌보며 살아가는 두 자매에게 프랑스에서 온 바베트라는 여인이 나타난다. 프랑스의 내전을 피해 도망쳐 온 이 여인이 두 자매의 가정부 노릇을 하며 함께 기거하게 되면서 마을은 조금씩 변하게 된다. 그녀는 마을에 없어서는 안 될 소중한 일꾼이 되어간다. 그러던 어느 날 바베트는 프랑스에서 꾸준히 사왔던 복권에 당첨이 된다. 무려 10,000 프랑! 두 자매는 이제 그녀가 부자가 되었으니 프랑스로 돌아갈지도 모른다고 생각하고 있었다. 그러나 바베트는 돌아가신 목사의 생일 기념일에 자신의 돈으로 만찬을 준비하겠다고 한다. 사치스러운 프랑스식 만찬을 상상하던 두 자매는 허락할 수 없다고 처음에는 거절하지만, 간절한 바베트의 간청에 결국에는 허락을 하게 된다. 그날 밤 그녀가 차려낸 만찬은 진귀한 재료로 만들어낸, 세상에서 맛볼 수 있는 최상의 것이었다. 가진 모든 것을 쏟아 최고의 만찬을 만들었지만 마을 사람들은 그 음식의 가치를 알아보지 못한다. 뿐만 아니라, 사치스러운 음식에 대해서는 한마디도 하지 말자고 이미 약속을 했던 터였다. 그러나 훌륭한 음식과 와인에 취해서, 그리고 그 음식의 진가를 알아챈 단 한 명의 초대 손님, 로벨헬름 장군의 의미 있는 이야기와 더불어 사람들은 드디어 마음을 열고 삶의 기쁨과 행복을 나누게 된다. 금욕의 삶에서 은총의 삶으로, 서로 헐뜯던 삶에서 사랑으로 하나가 되는 삶으로 바뀌게 되는 잔잔한 감동이 있는 어른들을 위한 동화이다. 바베트는 알고 보니, 그 마을에 나타나기 이전에 프랑스에서 가장 유명하고 비싼 레스토랑 '카페 앙글레'의 수석 주방장이었으며, 그녀는 이 마지막 만찬을 준비하기 위해 복권에 당첨되어 받은 돈 전부를 쓰고 말았다는 사실이 알려지게 된다. 그리고 그녀는 프랑스로 돌아가지 않고 여전히 가정부로 남아 마을을 돌본다. 인생은 만찬으로 기쁨을 회복하게 되고, 풍성한 음식으로만이 아니라 그 안에서 마음을 열고 주고받는 칭찬과 화목한 이야기들로 채워질 때, 그리고 나에게 값없이 주어진 것에 대해 감사하는 마음을 가지는 순간, 삶은 검은 색 옷에서 벗어나 찬란한 색 옷을 입는다는 사실을 아주 조용한 목소리로 알려 주었다. 짧지만 울림이 깊은 이 책을 통해 바베트처럼 만찬을 베푸는, 그렇게 기쁨을 회복하는 삶을 살아가고 싶다고 오랫동안 생각해 왔는데 내게도 비슷한 경험의 기회가 찾아왔다. 바베트의 만찬이 있은 후 변화된 동네 주민들의 이야기를 읽는 것 같은 경험을 하게 된 것이다.

한국에 온 뒤 친구가 없어 외로워하던 나이 지긋한 비비케 할머니에게 부탁해 동료들을 모아 북유럽식 가정 요리 강좌를 열게 되었다. 비즈니스는 사람과의 관계가 기본이고, 그 시작은 함께 밥을 먹으면서 시작된다. 그러니 첫 만남을 부드럽고 화기애애하게 끌어가기 위해 그들의 식문화를 알고 싶은 생각으로 시작한 강좌였는데, 즐거운 업무 외 시간이자 긍정적인 팀워크를 쌓는 시간이 되었다. 동료들과 함께하는 멋진 Hygge의 시간을 제공해 준 것이다. 함께 요리를 하고 나눠 먹는 그 테이블 위에서, 우리는 밤이 늦도록 인생을 살아오며 겪은 에피소드들을 이야기하고 삶을 나눴다. 대화는 늘 지구 반 바퀴를 돌거나 반 백 년의 시간은 족히 넘나든다. 월급을 받기 위해 모이는 직장이 서로 세워주고 힘을 주는 파티가 되어가는 기분이었다. 아마 나는 그런 세상을 꿈꾸고 있었는지도 모른다.

내가 참석했던 수많은 만찬에서, 생일파티나 송별파티에서는 반드시 게스트 중 대표 한 사람이 일어나 주인공에 대한 자신의 느낌과 칭찬을 거의 대서사시 수준으로 읊곤 했다.

"마흔 살 생일은 정말 특별한 날이죠. 아직 늙지도 않았지만 젊지도 않은 아주 특별한 생일입니다. 알고 있으시겠지만, 그는 남들이 따라할 수 없는 미소를 가졌고, 자신의 주변 사람들을 늘 행복하게 만들어주는 그만의 재주를 가졌습니다. 그리고 그는…"

음식이 식어가도록 장황한 연설을 듣느라 괴로워하는 이들도 있지만, 듣다 보면 정말 그 주인공이 무척 훌륭하고 소중하며 이 세상에 없어서는 절대 안 될 중요한 존재라는 생각이 든다. 그것은 어떤 신분을 가진 누구든 마찬가지이며 그렇게 함께 했던 추억을 민망할 만큼 칭찬으로 표현하고 나서야 끝이 난다.

"우리는 그녀의 노고를 너무 잘 알고 있습니다. 그렇죠? 열심히 구석구석을 청소하는 일을 성실히 해 주었던 덕택에 우리는 때때로 잊고 있었지만 쾌적한 공간에 머물 수 있었던 겁니다. 이제 그녀의 앞날에…"

빨리 감기를 하듯 생일 축하 노래만 부르고 끝나는 파티보다, 혹은 잘 가라 술잔만 부딪치는 송별파티보다 모두의 마음에 지워지지 않을 인장을 남기는 그 시간이 더 의미 있다. 세상에 상처 나고 힘든 우리에게, 그 짧은 낭독의 시간은 자신의 모습을 되돌아보는 반전의 시간으로 다가온다. 반전 뒤 남겨진 것은 고스란히 나에게 던져진 현실일지라도 새삼스럽고도 긍정적인 존재감을 지그시 일러주는 시간이다.

나도 용기를 내어 시도해 보긴 했는데 난관에 부딪혔다. 왠지 익숙하지 않은데다가 타인을 칭찬하는 5분이 이렇게 긴 시간인 줄 몰랐다. 지나가다가 모여 누군가를 욕하는 데는 1시간도 쉽게 흘러가는데 칭찬은 그보다 엄청난 에너지가 소비됐다. 더불어 함께 듣고 있는 사람들도 쑥스러워하기 일쑤다. '우리 사이에 낯부끄럽게 뭐 이런 걸 하나?' 싶은 모양이다. 어른들은 민망함 탓에 망설여도, 아이들은 더 순수하게 받아들일 거란 생각에 우리 아이들부터 생일 파티 때마다 반드시 이 시간을 집어넣으리라 마음먹었다. 1년 동안 우리가 어떤 일로 즐거웠었는지 함께 떠올리며 이야기 나누고, 너는 우리에게 어떤 존재인지, 설령 지금 당장 어딘가에서 미운 아기 오리의 취급을 받고 있다고 해도 분명 너는 백조로 태어날 수밖에 없는 운명이라는 사실을 일깨워주고 또 일깨워주는 거다. 아이들에게는 그 순간이 쌓여 내 공이 되고, 어떤 시련도 견딜 수 있는 힘을 얻는 응원파티가 될 것이 다. 내가 하는 일 중에는 다양한 파티를 여는 일이 많았는데, 파티란 여러 가지 목적이 숨어 있지만 결국은 서로 즐거운 시간을 보내는 게 관건이다. '삶이 언제나 파티처럼 즐겁고 아름다울 수 있다면 얼마나 좋을까?' 하는 마음에 나부터 일상의 작은 일에도 이유를 만들어 파 티를 열어보기 시작했다. 아주 사소한 것에도 밥을 같이 먹는 시간을 그저 파티로 명명하면 된다. 오늘은 첫 아이가 피아노 바이엘을 뗀 날 이라서 축하파티, 둘째 아이가 기저귀 뗀 기념으로 파티, 수학 시험 100점 맞은 기념으로 파티…. 작은 데서 시작하면 매일, 모두에게 축 하할 일은 너무 많다.

나에게 파티란 무슨 일에든 서로 진심으로 축하해 주고, 인생의 슬 픔도 기쁨도 함께 나누며 도란도란 밥을 먹는다는 의미이다. 밥과 촛 불만 있다면 인생은 매일매일 파티가 된다. 그리고 그 파티의 일정이 다해 생을 마감하는 그 순간에는, 멋지게 살아내고 천국의 품에 안긴 그 삶을 축하하는 마지막 파티가 열릴 것이다.

최고격려책임자

튤립이 한창 흐드러지게 피어있던 거리 앞의 작은 레스토랑에서 했던 비즈니스 미팅이었다. 너무 오래되어 이름도 기억나지 않는 신사지만, 우리는 한참 그가 전 세계에 팔아야 하는 제품에 대해 이야기했는데 어느 시점에선가 그가 이런 이야기를 했다.

"세상은 참 천사 같은(angelic) 사람들이 많은 곳이에요."

치열한 비즈니스의 이야기와 천사 같은 사람들의 이야기는 어딘가 전혀 맞지 않는 것 같았지만, 경쟁 속에서도 천사를 만나며 살고 있는 사람을 보니 그게 바로 우리가 살고 있는 지구의 양면성이 아닐까 생각했다. 내가 만나는 대부분의 사람들이 그렇듯이 그 또한 나이가 지긋한 회사의 시니어였는데, 그 나이에 아직도 세상을 천사가 가득한 곳으로 볼 수 있다는 게 부러웠다. 그리고 내가 할머니가 되었을 때 나 역시 그런 이야기를 할 수 있는 사람이 되고 싶었다. 실은 그 스스로 천사 같은 미소를 가진 분이었는데 말이다.

오랫동안 일하면서 이런 천사들에게서 차곡차곡 모은 보물이 있다. 마음을 흔들고 통찰력이 묻어나는 멋진 문장들, 바로 격려의 메시지들이다. 국경을 넘나들며 만났던 사람들이 나에게 보내는 그 글들은 정말 예사롭지 않은 인생의 상금 같다. 그래서 어느 순간 그것들을 한 폴더에 모아 놓는 작업을 하기 시작했고, 내가 붙인 이름은 '나만의 격려 폴더'였다. 나에게 보내준 감사 글이나 칭찬의 글들을 고마운 마음으로 수북이 쌓아놓고 기다린다. 그 폴더가 빛을 발하는 순간은 위기의 순간이니까. 인생에는 항상 칭찬받는 일만 생기지 않으며 마음 상하고 실망을 안겨주는 일 투성이니 그 순간에 폴더를 열어야 한다. 소중히 간직해온 격려 메시지는 스스로 미운 아기 오리로 느껴질 때, 기운을 북돋우며 자존감을 회복시켜준다. 진심이 깃든 격려의 메시지는 나락으로 떨어지는 순간 나를 구원해 구름 위를 걷게 해 준다. 그리고 그 격려와 칭찬은, 정말 칭찬받을 만한 사람이 되도록 인도해주는 마법을 부리기도 한다. 안 되던 일도 되게끔 만들고 안 되던 사람도 되는 사람으로 만드는 힘! 그렇게 회복된 사람은 받은 만큼 세상을 격려하는 사람이 되니 칭찬 한마디에 영혼은 치료되고 선한 사이클로 세상을 움직인다.

≪당신은 슈퍼우먼이군요. 이렇게 부정적인 상황을 최고의 긍정적인 상황으로 바꾸어 내다니!≫
그건 분명히 평범하기 짝이 없는 나를 한순간에 슈퍼우먼으로 탈바꿈시켜준 메일이었다. 살아가면서 우리는 부정적인 상황을 수없이 만난다. 실수도 얼마나 많이 반복하는지 모른다. 이번 시련에는 몇 번째 번호를 붙여야 하는지 셀 수도 없다. 심지어 지난 시간은 되돌릴 수 없는 경우가 허다하다. 그러나 육해공 전을 다 치르고 침대에 툭 떨어지고 마는 하루가 지나도 여전히 우리 안에는 슈퍼우먼, 슈퍼맨이 자리 잡고 있다. 우리가 인식하지 못하고 있을 뿐. 그래서 나는 다시 힘을 내서 갈 수 있었다. 다시 이겨낼 수 있는 내 안의 위대한 힘을 믿으며…….

≪당신은 마음과 영혼으로 일한다는 걸 알고 있어요.≫
살다 보니 사람에게서는 향기가 난다는 걸 알게 됐다. 향기뿐만 아니라 마음의 온도까지도 느낄 수 있게 된다. 최소한 악취가 나거나 차가운 온도로 인해서 주변이 얼어붙어 고생하는 일은 없도록 항상 단속을 하며 살아야 한다. 마음과 영혼을 다해서 일한다는 건 어떤 것인지를 알려주었던 사람. 자신이 그런 사람이기 때문에 다른 사람에게 같은 칭찬으로 격려할 수 있는, 그런 사람에게서는 향기가 난다. 머리가 똑똑하고 말을 잘하는 사람들은 흔하지만 마음과 영혼이 옹골찬 사람들을 만나는 일은 설렌다. 그들은 겸손하고, 지나가는 말에도 감동이 담겨 있다. 영혼이 싸늘한 사람이 되지 않기 위해, 평생 동안 그 저장고에 곡식을 넉넉히 채우는 일을 해야 한다.

≪당신은 기적을 만드는 사람이군요.≫
우리는 모두 기적을 만들어내는 사람이 될 수 있다. 지금 이 순간에도 나는 기적을 꿈꾼다. 끊임없이 무너지는 좌절 속에서 솟아날 구멍을 파내는 것이 일상이며 작은 기적들이 모여 생을 만들어간다. 마술사가 아닌 나란 존재도 기적을 만들어내는 통로로 사용될 수 있다는 걸 알려준 글. 힘없는 작은 아줌마에 불과하지만 내게 불가능해 보이던 일들을 해낼 수 있게 해준 격려의 메시지다. 이 말처럼, 주변의 기대와 예상을 역전해 사람들에게 기쁨의 기적을 선사하며 살 수 있다면 그건 충분히 살아볼 만한 가치가 있다.

≪당신의 도움에 생각보다 훨씬 더 깊이 감동하고 말았어요.≫
이 메시지를 받은 이후, 나도 무엇에든지 그렇게 말하기 시작했다. '생각보다 훨씬 더 깊이' 감동하고 말았다고. 그랬더니 세상은 감동할 만한 것들로 채워지기 시작했다. 우리가 점점 생활이 나아지며 살기 편해진다고 느끼는 건 무심코 지나치는 수많은 서비스 속에서 살아가기 때문이다. 물론 그에 대한 대가를 지불한다고 일축한다면 감동은 거기서 멈춘다. 대신 감동하며 살아가면 더 행복해진다. 우리 아이들은 잠자리에 들면서 어둠 속에서 자신이 로빈슨 크루소가 되었다고 가정하고 아무것도 없는 상태에서 어떻게 살아갈지를 연구하는 놀이를 즐겨 한다. 깜깜한 방에서 눈을 감으면 우리는 어느덧 부인도에 도착해있다. 과연 혼자서 집은 어떻게 만들지, 양치는 어떻게 하며 음식은 어떻게 만들어낼지, 소금은 어디에서 구할지. 원시자연에서 무(無)에서 유(有)를 창조하는 기발한 아이들의 상상력을 나는 시간 가는 줄 모르고 듣는다. 그리고 이 게임은 언제나 이 말로 끝난다.

"와… 우리가 다른 사람들에게서 받고 사는 게 정말 어마어마하게 많구나! 그렇지?"

우리가 받는 혜택이 제품과 서비스뿐일까? 무인도 생활과의 가장 중요한 차이점은 나와 함께 시간을 보내며 살고 있는 사람들이 우리 곁에 있다는 사실이다.

실망과 좌절의 시간마다 나를 보듬어준 수많은 격려의 메시지들을 보면서, 나는 작은 꿈이 생겼다. 가정이라는 기업의 CEO는 엄마이며 주부라는데, 내가 되고 싶은 CEO는 Chief Executive Officer(최고경영자)가 아닌 Chief Encouraging Officer, 바로 '최고격려책임자'다. 직책은 누가 달아주기도 하지만 스스로 붙이는 것도 가능한 세상. 덕분에 우리 집은 말 그대로 '초미니 격려센터'가 된다. 사회생활에 지친 아빠, 공부에 조금씩 지쳐가는 아이들, 그들이 다시 에너지를 얻고 좌절의 중간에서 다시 일어설 수 있게 해 주는 곳. 그것이 격려센터의 역할이다. 격려는 가족 한정은 아니다. 우리 집을 방문하는 사람들에게도 모두 격려의 에너지를 선물로 줄 때 우리는 200% 이상의 능력을 발휘하는 최고의 격려 책임자가 될 수 있다. 사람들에게는 각각 모두 Motivation, 동기 부여의 시계가 달려있다. 동기 부여의 시계가 제로를 가리키는 순간이 오지 않게끔 끊임없이 에너지를 만들어 내는 것, 죽기 전까지 해야 할 일이다. 그런데 가정의 CEO인 엄마들은 격려의 메시지를 받을 곳이 적으니, 이만큼 외롭고 힘든 직업도 없다. 상사와 후배 사이에서 깨어지고 부서지는 아버지들 또한 그러하니 그들 모두를 위해 격려의 메시지를 저장해 두고 싶다.

 사회라는 전쟁터에서 지쳐 돌아오는 날, 시무룩한 표정이라도 지으면 유치원생 아들은 나에게 이렇게 말을 건넨다.

"엄마, 혹시 슬픈 일 있으면 나한테 꼭 전화하고, 응?"

 우리 가족의 최고격려자가 되겠다는 내가 결국 가족들에게 격려와 위로를 받는 사람이 되고 만다. 최고의 격려자, 바로 아이들.

 누구든 환영받아야 하고 누구든 존중받아야 한다. 그것이 사람을 살아가게 하는 법칙이다. 왜냐하면 지구는 이 우주에서 단 하나뿐인 '사랑이 필요한 별'이기 때문이다.

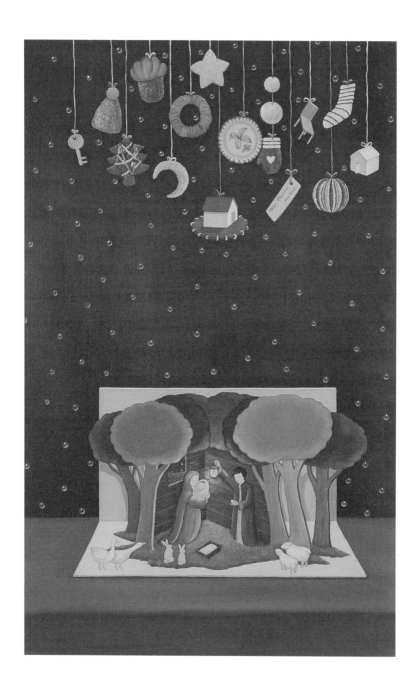

당신이 바로
VIP입니다

입헌군주제의 나라와 일을 하다 보면 가끔 특별한 일을 경험하게 되기도 한다. 21세기에 보기 힘든 여왕님이나 공작 나으리, 혹은 공주님이나 왕자님을 만나게 되는 거다.

"엄마, 오늘 저녁에 왜 늦게 오는 거야?"

"응. 여왕님 만나 뵈러 가야 해서."

혹은 이런 대화도 가끔 하게 된다.

"오늘은 공주님이 오셔서 말이지. 엄마 파티 준비하러 가야 하니까 숙제 잘 하고 있어."

"응. 공주님 예쁘셔?"

"그럼. 예쁘지. 근데 할머니 공주님이야."

"이잉? 어떻게 할머니가 공주님이야?"

"그럴 수도 있어. 여왕님은 한 명밖에 되지 못하니까, 여왕님 동생이라면 죽을 때까지 공주님이 되는 거야."

아이가 생각하는 공주님에 대한 상상이 무너지기도 하는 순간. 여왕님도 공주님도 예전에는 존경받는 신분이었으나 오늘날은 하나의 직업이라는 걸 아이는 알지 못한다. 우리에게 여왕님이나 공주님은 환상 속에서 가장 빛난다. 실은 한 나라의 홍보와 마케팅을 책임지는, 그들도 쉴새 없이 맡은 바 소임을 다하며 일을 해야 하는 사람들이다. 동화 속 환상은 다소 깨지지만 그들이 인간으로 보이는 순간이다. 그러나 아무리 인간의 등급으로 현실화되었어도 그들은 VIP 중에서도 최상위 계급으로 의전이라는 단어를 사용한다. 아직도 '폐하'라는 호칭을 사용하고, 궁중예법을 지켜야 하므로 영접하기 전에는 인사 예법을 따로 배워야 할 정도다. 이런 가장 높은 수준의 의전부터 VIP 행사까지 준비하다 보면, 그들의 까다로운 요구사항에 세심하게 신경을 기울여야 하는 일들이 쏟아져 들어온다. 동선 하나, 머무는 장소, 사용하게 될 식기, 누구와 함께 앉게 되는지에 대한 테이블 세팅, 해야 하는 이야기의 내용 등 하나도 빠지지 않고 사전에 점검이 이루어져야 하며 정확한 시간 안에 잘 마무리 되어야 한다. 까다로운 VIP들의 기분을 상하게 하는 사소한 일도 일어나서는 안 되며, 좋은 분위기를 만들어내고 모두가 행복하고 유쾌한 마음으로 진행이 되어야 비로소 성공이다. 그러니 VIP 행사를 준비하는 일은 누구라도 신경을 곤두서게 한다. 이름의 영어 철자 하나가 틀렸다면 그건 밤을 새워서라도 다시 고쳐야 하는 일이며, VIP들의 자리를 배치하는 일은 마지막 순간까지도 고뇌해야 하는, 가장 심혈을 기울이는 일이다.

VIP라는 단어가 어느새 흔해졌다. 사회에 어떤 형식으로든 공헌을 많이 하거나 지위를 가진 사람들이 VIP가 되는 것은 기본이다. 그러나 이젠 돈을 잘 써도 VIP, 동일 브랜드나 서비스를 성실하게 이용해도 VIP가 된다. 그들에게는 다시 VIP라는 이름의 추가적인 마케팅 서비스들이 제공되는데 VIP라운지, VIP만을 위한 잡지, VIP세미나, VIP 파티 등 온 세상이 VIP로 가득 찬 것 같다. 그럼에도 나를 VIP로 불러주는 곳이 없다고 실망하지는 말자. 단어를 곱씹어 보면 이 세상에 Very Important, 매우 중요하지 않은 사람은 단 한 명도 없으니 누군가에게 나는 반드시 VIP가 된다. 그럼 나는 무슨 일로 VIP가 될 것인가. 나와 관계를 맺는 모든 사람들에게 행복을 주는 데에 Very Important Person이 되길 소망해 본다.

드림세미나

'드림세미나'에 초대되었다. 국경을 넘어 지식과 비전을 공유하기 위해 세상에는 무수한 국제세미나들이 지속적으로 개최되고 있다. 그곳에 가면 반드시 내가 생각하지 못했던 선물 같은 지식이 있어 나는 세미나에 참석하는 것도, 세미나를 준비하는 것도, 세미나에 대한 궁금증도 마냥 즐겁다. 이번 '드림세미나'에서 준비된 선물은 말 그대로 꿈이었다. 이제는 모두가 꿈을 생산하고 꿈을 파는 상인이 되는 시대가 아닌가? 그 세미나에서 기억해야 할 한 가지가 있다면, 우리는 모두 꿈을 꾸며, 꿈이 있는 사람은 반드시 꿈을 이루지만, 꿈을 이루어가는 과정 가운데에는 더러 '악몽'도 있다는 사실이었다. 슬프고 아픈 일에 너무 놀라지 말 일이다.

집에 돌아왔더니 저녁 식사 시간에 아이들이 나에게 묻는다.
"엄마는 커서 뭐가 될 거야?"
"에이… 엄마는 다 컸어."

"아니야. 더 클 거야. 그러니까 뭐가 될 거야? 나는 커서 건축가랑 과학자랑 화가가 될 건데."

꿈이 많은 아이들. 아이들에게 꿈을 주는 사람이 되기 위해서는 엄마도 함께 꿈을 가지는 사람이 되어야 한다는 걸 나는 아이들에게 배웠다. 그래서 엄마는 성장을 멈출 수 없다.

세미나 이후 식사 시간은 '우리집표' 드림세미나 시간이 되었다. 바깥세상에서 배운 것을 집에서 벤치마킹하는 일은 외식에서 먹어본 음식을 집에 와서 다시 요리해 보는 것처럼 재미있는 일이다. 아빠는 거창하게 파워포인트를 준비해 식탁에서 꿈을 발표해보지만, 아이들의 꿈에 비하면 참 소박하다. 소박한 꿈이든 커다란 꿈이든 모두 소중하고 그들과 함께 있다는 것이 눈물겹게 행복하다. 앞으로 그들에게도 아주 가끔씩 닥칠 '악몽'을 생각하면 마음이 짠하지만, 그 곁에 위로와 안식처가 되는 엄마로 영원히 남고 싶다.

일터에서 이어지는 드림세미나는 이렇다. 북유럽 분위기가 물씬 풍기는, 나뭇결이 살아있는 가구에 팔을 걸치고, 아름다운 은식기 위에 담은 간식과 보는 것만으로도 눈이 즐거운 따뜻한 차를 마시며, 나른하게 촛불 아래에서 창조적인 미래를 구상해 보는 것은 그 자체만으로 호사다. 고압적인 빌딩 안에서 교실에서처럼 긴장하고 앉아 짜내는 아이디어는 꿈과는 거리가 멀지만, 빌딩을 떠나 자유로운 공간에서 열리는 세미나는 신선한 아이디어를 제공해 준다.

일을 떠나서도 인생의 드림세미나는 계속 이어진다.

어떤 사람으로 계속 살아가고 싶은지 끊임없이 구상하고 이야기
하기.
인생을 그래프로 그려서 표시해 보기.
화가의 그림으로 자신의 현재와 미래를 표현해 보기
세미나의 마무리는 서로의 꿈을 믿고 응원해 주기.

드림세미나는 함께 성장하는 가족과 일터, 그리고 관계를 만들어
준다.
"오늘은 그대들 덕분에 내가 세상에서 가장 즐겁고 행복한 사람이
되었네요. 너무 감사한 마음에 눈물이 핑 돌 정도예요. 그대가 하는
모든 일을 응원하고 지지해 주고 함께 기뻐하리라는 걸 알고 있지요?
더없이 행복한 밤이에요. 진짜 진짜 고맙고, 너무너무 감사하고 많이
많이 사랑합니다."
이런 메시지를 매일 받으며 산다고 생각해 보라. 뛸 듯이 기쁘고 행
복해서 잠이 다 오지 않을 정도다. 기본적으로 서로가 잘 되기를 늘
바라고, 성장할 수 있도록 서로 자극하며, 멋진 아이디어든 초라한 아
이디어든 함께 공유하고, 누군가 뒤처져 있다면 등에 업고 달려주기.
이런 사람들이 내 곁에 있음에 계속 감사하다고 느끼며 표현하고 사
는 것. 그것이 드림세미나를 통해서 내가 배운 소중한 가치며, 진정한
나를 찾고 변화하는 나를 함께 점검해 주는 장이 되었다. 질시와 경

쟁, 험담이나 뜬소문 같은 단어는 어디론지 사라져버리는 관계, 그것이 행복의 원천이다.

사려 깊은
매출

기업의 글로벌 진출을 꿈꾸며 다른 시장을 찾아 전진하는 회사들을 만나는 일은 흥미진진하다. 아직은 시장과의 공유 여부도 검증되지 않은 제품과 서비스에 자신의 비전을 담아 확신을 가지고 시작하는 대화는 나도 모르게 함께 꿈꾸게 만드는 힘이 있다. 또 나이에 대한 편견 없이 새로운 비즈니스 아이템을 찾고, 꿈을 키우는 기업인들을 만나는 것 또한 꿈꾸는 자의 피를 수혈 받는 기분이다. 그들에게는 분명 수많은 장애물이 기다리고 있지만 그것을 뛰어넘는 여정 또한 기다리고 있을 것이다. 나는 지구촌 곳곳에 숨어있던 브랜드를 한국에 소개하는 일을 해왔기 때문에 그 여정이 얼마나 험난한지 옆에서 함께 지켜 보았다.

보통 제일 처음 브랜드를 소개할 때 겪는 첫 관문은 '의심'이다. '과연 저건 무엇인가?' 낯선 것은 시도하기 이전에 의심부터 해본다. 그리고 이내 무시하는 경우도 있다. 브랜드를 알리는 것은 친구가 되는 것과 같아서, 처음 사귈 때 시간과 품이 많이 든다. 그 친구와 친해지고 우리 집에 데려가기까지 서로 알아가야 하는 물리적인 시간이 지독할 만큼 필요하다. 그리고 새로운 나라의 시장에 진출할 때는 모르는 친구라는 이유로 외면당하기 십상이라 난관에 봉착할 일이 수없이 많다. 사람뿐만 아니라 브랜드도 자신을 알아봐 주는 사람이 이름을 불러주었을 때 비로소 꽃이 된다는 사실을 일을 하면서 알게 되었다. 사람도 자신을 알아봐 주는 사람을 만날 때 꽃이 되는 것처럼. 그건 제품을 알아봐주는 것이라기보다 그것을 만든 사람의 수고와 의도를 제대로 알아가는 일이다.

수년 전 덴마크 출장 중에 어느 산업협회와 미팅을 했다. 카알은 가끔씩 중요한 질문을 나에게 던져주고는 했는데, 대화 도중 그는 불현듯 CSR(Corporate Social Responsibility), 즉 기업의 사회적 책임에 관한 이야기를 꺼냈다. 누구도 그런 주제를 언급하지 않던 시절, CSR은 나를 넘어선다는 의미를 알려준 하나의 충격이었다. 그것을 마음에 담고 보니 덴마크에는 아주 오래전부터 CSR을 운명으로 받아들이고 운영하는 회사들이 많았다. 새로운 기업을 만나고 탐구하다 보니 그 기업들의 이야기가 보이기 시작했다. 기업은 반드시 이윤을 창출해야 하는 곳이고 그것이 1순위기 때문에, CSR은 지역사회에 이윤을 다시 환원하고 기부를 하는 일이라고만 여겨 두 번째 순위로 놓는 것이 보통이다. 기업을 잘 운영하는 것과 착한 일을 하는 것 사이에는 별다른 공통점이 없어 보였다. 그런데 CSR은 무거운 책임이나 기부가 아니라 서로를 행복하게 만들어줄 가치를 공유하는 것이었다. 복잡해 보이지만 아주 간단하게도 세상을 향한 배려가 몸에 배어 있을 때, 사회적 책임 같은 거창한 주제는 특별히 필요 없다는 얘기다. 그래서 '통합' 내지는 '내재화'라는 표현이 항상 등장하는데 이는 따로 노는 가치가 아니라 내 안에 이미 들어있어야 한다는 의미다.

"어떤 회사에게는 CSR이 회사를 운영하는 일종의 도구가 되거나 새로운 아이디어가 되기도 하지만, 어떤 회사에게는 그것이 존재가치이고 가장 기본적인 방침이 되기도 합니다. 저희 회사는 후자에 속하지요. 우리는 반드시 의식적으로 행동하고 더 나은 것을 제공하기 위해서 번영해야 해요."

 사람이 태어나는 목적이 있는 것처럼 기업이 태어날 때도 목적이 있다. 사람은 태어난 목적을 알게 되기까지 평생이 걸리지만 기업은 태어날 때부터 그 목적이 분명하다. 이윤을 창출하고 일자리를 만든다는 가장 기본적인 사명 위에 감동을 더하는 추가적인 목적이 존재한다. 이 제품이 잘 팔릴 것이기 때문에 시작하는 비즈니스도 있지만, 시장이 크지도 않고 대박을 약속하는 제품이 아니어도 그 기업이 세상에 존재해야 하기 때문에 좁은 틈에서 자신의 사명을 다하는 기업들도 세상에는 있다.

 나와 오랫동안 일했던 한 보청기 회사는 창업주의 아내가 청력을 잃어버린 이유를 계기로 시작되었다. 청력을 잃어가는 한 사람을 돕기 위해 시작한 것이 이제 전 세계 사람들을 돕는 기업으로 성장한 것이다. 그리고 그 초심을 잃지 않기 위해, 처음의 스토리를 두고두고 때마다 기념하며 되새기는 것 같았다.

자전거 천국인 나라에서 자전거 대여 사업을 하는 한 청년은 자신이 모은 자전거를 아프리카에 전달하기 위해 사업을 운영하고 이를 통해 이윤을 만들고 있다. 지구 이쪽에서는 크게 쓸모없는 것이 저쪽에서는 그 가치를 발휘하기에 사업은 계속되고 있다. 세상을 더 나은 곳으로 만드는 선한 목적으로 진화해 가는 과정에서, 함께하는 인간을 다치지 않게 하고 환경을 다치지 않게 하는 것이 바로 CSR이면서 동시에 존재 목적이 되기도 한다. 자신의 주변을 의식하면서 이윤을 창출하는 것, 그것을 사람들은 '사려 깊은 매출(Thoughtful Turnover)'이라고 말했다. 사려 깊은 매출이라… 말의 느낌이 너무 아름다웠다. 때문에 사려 깊은 매출을 올리려고 노력하는 기업들을 만나면 소비자나 미래의 파트너들에게 CSR을 반드시 알려주고자 노력하게 된다. 디자인과 생산국가가 나뉘고 다양한 국가의 사람들이 한데 모여 일하는 세계적인 분위기는 돌아봐야 할 주변의 범위가 넓어진다는 것을 의미한다. 그리고 그것을 돌아보지 않을 때는 마음 아파하는 사람들과 아파하는 지구의 어느 한 부분이 생길 수도 있다는 사실을 새삼 알게 된다. 그러니 CSR이란 꼭 돈이 드는 선행이 아니라 내면 깊숙한 마음가짐이다. 국적, 나이, 성별을 불문하고 같이 일하고 있는 사람들을 존중하고 그들이 행복한지를 살피는 것이 중요한 가치 중 하나다. 타인을 편안하게 해주는 사람이 완성도가 높은 인간이듯 기업 또한 마찬가지다. 그리고 우리가 누리는 모든 제품은 '자연'에서 나오므로 그 '자연'을 최대한 존중하면서 사는 것이 '자연'스러운 일이다. 이제 똑똑한 소비자들은 이 과정에 담긴 의미 또한 살펴보며 구매한다고 하니, CSR은 매출에도 영향을 미치는 중요한 가치가 되어간다.

어느 인터뷰에서 들었는데, 덴마크 사람들의 기본 생각은 '우리는 서로가 서로를 돌봐줘야 한다는 것'이라고 했다. 그것이 CSR을 표현하는 다른 방법이라는 생각이 들었다. '신뢰가 사회적 자본'이라고 힘주어 말하는 덴마크 사람들을 보니 이론이 아닌 실제로 들린다.

기업가 정신은 비즈니스맨만 가지는 게 아니었다. 자녀는 우리에게 선물로 주어진 '기업'이니, 세상의 모든 부모는 아이가 태어나는 순간 기업을 이끄는 리더가 된다. 그리고 언젠가 사회에 어떤 자원으로든 공헌하게 될 아이들을 키워나가는 일은 기업을 키워나가는 일과 다르지 않다. 그러니 가정에서도 사려 깊은 책임을 염두에 두게 된다. 함께 있는 가족과 자녀들을 존중하는 것에서부터 가정의 CSR은 시작된다. 직원들의 행복을 살피는 리더처럼, 가족들의 행복을 살피는 리더 있는 가정이 세상을 행복하게 만든다. 의식하면서 행동하고 조심스럽게 말하는 것, 내가 생각하는 가정의 CSR 중 가장 중요한 부분은 바로 이 부분이다.

"아가야, 네가 학교에서 어떤 성적을 받았든지, 어떤 직업을 갖게 되든지 엄마는 너를 사랑한단다. 그리고 네가 우리 가정에 선물로 온 것이 무척이나 감사하고 자랑스럽단다." 이 간단한 메시지 하나를 아이들의 마음 속에 넣어 주지 못해서 간혹 슬픈 일들이 발생기도 한다. 사회를 함께 살아가고 있는 사람들의 마음을 아프지 않게 하는 것, 그것이 가정의 CSR이다.

그렇게 행복한 가정이 되면, 내 아이들뿐만 아니라 다른 아이들까지도 돌아볼 수 있는 넉넉함이 생긴다. 한 명, 두 명 나에게 주어진 아이들에게만 전력을 쏟으며 사는 것보다 우리 아이들과 함께 자라는 주변의 아이들이 행복해야 내 아이가 행복해진다는 사실을 기억하며 살아가려 한다.

CSR 강의를 맡았던 인도에서 온 선생님 역시 기업과 가정을 넘나드는 CSR 이야기를 해 주었다. 아주 어릴 때부터 세계를 함께 다니며 자신의 강의를 따라다닌 그의 아이들은 집에서 구두를 닦아 주면 용돈을 주겠다고 해도 이렇게 반응한다고 했다.

"어어, 아빠! 15세 미만의 아동에게 노동을 시키시는 건 기업의 사회적 책임에 어긋나는 일이세요. 제가 8시간 이상 공부를 해야 한다고요? 그건 노동시간을 벗어나는 일인걸요! 우리에게는 놀이도 필요하다고요. 이런… 우리는 모두 평등하게 태어났다는 사실 잊지 마셔야죠."

CSR에 통달한 부모 역시 아이들에게도 권리가 있다는 것을 자주 잊어버린다고 했다. 그들은 식사를 같이 하면서 테이블에 차려진 식재료의 전 생산과 유통과정이 모두가 행복해지는 방법으로 온 것인지를 논해 본다고 했다. 대단한 가족! 나아가 그의 모국이 인도라면 더 의미 있는 일이다. 어쩌면 가장 뿌리 깊은 신분제도를 유지하고 있고 세계의 공장이 몰려 있는 그 곳의 식탁이기에 더욱 의미 있는 대화가 아닐까? 선생님 또한 끊을 수 없는 신분계층의 끈이 상징적으로, 그리고 실제적으로 자신의 몸을 감고 있다고 했다. 그 운명의 타래를 그대로 두고도 전 세계를 다니며 평평하고 행복한 사회를 지향하는 CSR을 말할 수 있는 선생님의 꿈이 그렇게 멋지게 보일 수가 없었다. 내 문제를 해결해야만 나를 넘어설 수 있다고 생각했던 선입견에 안타를 날려 주었다. '너나 잘해!'라고 냉소적인 혼잣말을 중얼거릴 무렵 우리는 누구나 도울 수 있고, 자신을 넘어서는 사람으로 살아갈 수 있음을 가르쳐준다. 자신이 가진 것을 미천하다고 여기지만 않는다면.

　코펜하겐에 있는 레스토랑 노마가 세계 최고의 레스토랑 인증인 미슐랭 스타 1위로 선정되었다는 이야기가 여기저기에서 날아들었다. 특별히 요리로 알려진 나라도 아닌데 그런 굉장한 인정을 받았으니 동네가 떠들썩한 것 같았다. 언젠가 나도 들은 적이 있었다. 예약을 몇 개월 전에 미리 해야 한다는, 조용하고도 유명한 레스토랑. 다녀오면 한 번쯤은 자랑을 하게 된다는 곳. 출장길에 한번 가보고 싶다고 생각은 했지만 비싸고 예약하기도 힘들겠거니 생각하며 한 번도 가본 적이 없었다. 그 곳의 분위기가 어떤지, 맛이 어떤지 나는 알 길이 없다. 그런데 갑자기 그 곳을 좋아하게 만들어 준 건 한 장의 시상식

사진이었다. 시상식에서 쉐프와 직원들은 턱시도나 양복을 차려 입지 않았다. 흰 면 티셔츠 한 장을 맞춰 입었을 뿐이었다. 그리고 그 티셔츠 앞에 똑같이 새겨진 것은 설거지를 담당하는 피부색이 다른 동료의 활짝 웃는 사진이었다. 아쉽게도 그 동료만 출입국 허가에 문제가 생겨 시상식에 함께 참여하지 못하고 주방에 남아있어야 했던 것이다. 수상을 하는 여러 명의 직원이 모두 그 티셔츠를 맞춰 입고 있으니 마치 그 설거지를 하는 동료가 영웅인 것처럼 보였다. 제일 많이 보이는 얼굴이 바로 그 동료의 얼굴이니 말이다. 쉐프나 사장님이 아닌 설거지 당번이 영웅이 되었다. 사려 깊은 매출. 그 단어가 잘 어울리는 사진이었다. 사람을 행복하게 하는 것은, 바로 그런 것이었다. 동료를 진심으로 챙기는 마음을 가진 곳에서 나오는 요리, 왠지 먹어보고 싶은 마음이 들었다. 출입국이 거부되어서 그 기쁨을 함께 나누지 못한 동료를 위해 누군가의 기발한 아이디어로 그를 배제하지 않은 것이다. 사려 깊고 창의적인 배려란, 돈을 많이 벌어서 기부를 하는 것에 버금갈 만큼 내가 있는 곳부터 행복하게 만드는 마음의 태도이다. 사람을 감동하게 하는 것은 톨스토이의 동화 '두 형제와 황금'에서 나오는 이야기처럼 황금보다는 마음인가 보다. 기사에서 본 노마 레스토랑 직원들의 얼굴은 물론 하나도 기억나지 않지만, 몇 년이 지난 지금도 설거지를 하며 웃는 그 직원의 셔츠 속 얼굴은 기억에 남아있다.

가치를 얹은
라이프스타일

오랜 시간 멋지고 감각적인 라이프스타일을 만나볼 기회가 많았다. 더 나은 디자인, 더 좋은 디자인, 더 우수한 디자인을 보는 것과 점점 더 눈이 높아지고 꼼꼼해지는 소비자들의 동향을 관찰하는 것도 내 일이다. 그렇게 소비의 라이프스타일을 두루 경험하고 있을 무렵, 나에게 '보이지 않는 라이프스타일'이 눈에 보이기 시작했다.

카리스마 넘치는 피어가 타고 다니는 차는 25년 된 빨간색 벤츠였다. 세계 여러 나라를 돌아다니며 근무하는 사람이라 그때마다 새로운 차를 구입할 수 있었음에도 불구하고 그는 한 차만을 고수했다. 그러니 차의 나이가 그의 경력만큼 되었다. 반짝반짝 새 차들이 도로에 가득한 나라에서 온 나는 그게 특별하고 특이해 보였지만, 그에게는 그렇게 특이하지 않은 모양이었다. 그들에게는 차를 산다는 것조차 큰마음을 먹어야 하는 일이다. 환경세를 비롯한 온갖 세금을 더하고 나면 배보다 배꼽이 더 커지는 경우가 많아 자전거를 애용하는 것이 속 편하다. 어린 시절 농장에 흉년이 들어 아주 배고픈 시절을 보냈던 그에게 좋은 차란 자신이 가진 것과 신분을 과시하기 위한 것이 아니라 오래 타기 위한 것이다. 오래 사용하면서도 사용할 때마다 만족감을 주는 것, 그것을 명품이라 불렀다. 신분이 없어진 지금에도 사람들은 끊임없이 신분의 높낮이를 만들어내려고 궁리 중이고, 소비와 브랜드를 통해 자신을 과시하기 급급한 시대에 살고 있는 나에게 그는 명품의 기본적인 의미를 알려주었다. 그는 과연 평생 그 빨간색 차를 탈 예정일까. 아직도 타고 있을까. 사뭇 궁금해진다.

  부활절에 초대받았던 애나의 집에서는 35년 전 아이들에게 선물을 주던 용도로 사용했다는 계란모양 상자가 나왔다. 에그아트 수준으로 예쁘게 장식된 계란 상자는 빛이 바래고 세월의 흔적이 남아있었으나, 볼수록 뭉클한 마음이 들면서 종이로 겹겹이 싸여 있는 그 계란 상자를 풀어 꺼내는 주인장의 손이 특별해 보였다. 계란 상자 안에 사탕이며 초콜릿을 넣어서 아이들에게 선물한다고 했다. 그녀는 매년 그 계란 상자를 꺼내놓았다 다시 꼼꼼히 포장을 해서 선반 위에 깊숙이 보관해 놓는다고 했다. 자신의 아이들을 위해 꺼내던 것이 이제는 손녀들을 위해 꺼내게 되었다는 계란상자. 그것을 펼쳐 놓은 그녀의 테이블 위 러너에는 양쪽 끝에 심플하지만 아기자기한 자수가 놓여 있었다. 어머니가 젊은 시절 수를 놓았다는 테이블 러너. 집주인의 나이를 곰곰이 생각해 본다면 아마 60년은 족히 넘어 보였다. 아무런 브랜드도 붙어있지 않은 핸드메이드 제품이지만, 돈으로 환산할 수 없는 가치로 빛나고 있었다. 바로 '어머니'라는 위대한 브랜드!

그날 초대 받았던 저녁 식사에서 우리는 색다른 애플파이를 맛보았다.

"음… 이건 이전에 먹어보지 못한 새로운 맛의 애플파이인걸?"

"그렇지? 이건 우리 할머니만의 비밀 레시피지."

홈 파티가 문화인 곳에서는 꼭 이런 대화가 한 번씩은 나온다. 비밀을 나눠 달라고 즐거운 떼를 써 본다. 자기 가족만의 전수 요리법. 손님들에게 내놓는 자기 가족만의 특별한 요리. 유명 베이커리에서 공수했다는 파이와는 비교불가다. 고가의 브랜드와도 비교할 수 없는 세상 단 하나뿐인 보물은 추억과 사랑으로 만들어진다.

우리와 오래 인연을 맺고 지낸 한 가족은 부부가 모두 다리를 쓰지 못하는 탓에 아이들도 바깥 놀이를 하는 것이 거의 불가능했다. 그래서 아이들은 우리 가족과 함께 주말에 나들이를 다녔다. 우리가 특별히 힘들여서 한 일은 없다. 우리 아이들과 놀아줄 때 그 집 아이들과도 함께 놀고 밥상 위에 숟가락을 몇 개 더 얹고 밥을 같이 먹었던 것, 그뿐이었다. 그런데 어느 날 아이들이 너무 예쁜 손뜨개 원피스를 우리에게 선물해 주었다. 우리 딸아이에게 꼭 맞는 빨간색과 초록색의 원피스들이었다. 거동이 불편한 어머니가 고마움을 표시하고 싶어 오랫동안 앉아 뜨셨다는, 그야말로 세상에 단 하나뿐인 작품들이었다. 어찌나 솜씨가 좋으신지, 손재주는 전무한 내가 볼 때 예술의 경지였다. 실제로 아이에게 입혀 거리로 나갔더니 너무 예쁘고 독특해서 사람들이 물어보기 시작했다. 어디서 산 거냐고. 물론 대답할 수 없었다. 어디서도 살 수 없는 단 하나의 명품이니까. 두 가정의 애정과 기쁨의 관계가 녹아 있는 원피스에는 작은 골방에 앉아 인생에 대한 원망보다는 감사함을 담아 원피스를 뜨는 한 어머니의 품격 있는 라이프 스타일이 담겨있다. 보통 옷은 아이들이 크면 다른 집에 물려주거나 너무 해진 것들은 버리기 마련인데, 이 옷은 여전히 간직하고 있다. 빨래도 얼마나 조심스럽게 하는지 모른다. 그 분의 정성을 생각하면 세탁기에 넣는 것조차 미안해진다. 언젠가 이 이야기를 들려주면서 손녀딸에게 물려줄 때쯤이면 아마 빈티지 드레스가 되어 있겠지?

덴마크의 거리에는 이름난 프랜차이즈 가게가 많이 보이지 않는다. 글로벌 시대가 되면서 점점 어느 도시를 가나 거리의 모습이 비슷해지기 시작해서 조금은 식상한 터였다. 덴마크 거리에는 자신의 취향을 가지고 운영하는 가게들이 주를 이루니 앞으로도 계속 그랬으면 좋겠다는 마음이 든다. 브랜드화된 커피보다는 한 자리를 쭉 지키며 커피를 뽑았던 바리스타의 커피가, 농장에서 작은 개인 브랜드를 붙여 판다는 우유가 더 인기 있다. 늘 먹던 식당의 음식 맛이 오늘 좀 바뀌었다. 우리는 주방장이 바뀌었나, 아니면 도무지 제대로 된 레시피도 없이 식당을 운영하는 건가 투덜대기도 하는데 누군가는 이렇게 이야기를 한다.

"맛이 일정하질 않네. 저번에 없던 양배추도 들어갔고. 엄마가 만들어 주는 음식이 그런 것처럼! 공장에서 나오는 정형화된 음식 같지 않아서 좋다. 그렇지?"

들고 보니 그 말도 정답이다.

좋은 제품을 사는 것의 의미, 값싸더라도 가치 있게 만드는 노하우가 있다. 무엇이 특별한 제품인지 구별하는 눈이 생긴다. 남들이 하는 것을 우르르 따라가는 것은 또래 집단을 형성해 주지만, 끊임없이 따라가는 일은 어느 순간 피곤해진다. 나만의 기준을 가지는 것은 그래서 편하다. 비단 스타일에만 국한되지 않는다. 생각하고, 마음에 담아 두었다가 저절로 배어 나오는 존중, 배려, 사랑, 이해심, 따뜻함, 이 모든 것들이 어우러져 라이프스타일이 된다.

하루는 초등학교에 갓 들어간 딸아이가 스케치북을 들고 와서는 아빠한테 이야기한다.

"아빠, 마음에 드는 단어를 골라 보세요!"

딸아이가 펼쳐 든 도화지에는 여러 개의 하트 속에 이런 것들이 적혀 있었다.

'아빠, 전 아빠가 있어서 행복해요! 원하는 것에 동그라미 하세요.

행복, 열정, 사랑, 진실, 희생, 용기, 배려, 미소, 희망, 나눔….'

어디에서 이 보이지 않는 단어들을 찾아 썼을까 용하기만 했다. 그리고 이 말들이 아이의 마음 속에 담겨 있다고 생각하니 마음이 푹 놓이면서 든든해졌다. 통장에 충분한 돈을 가지는 것보다 더.

What you think, what you are! – 당신이 생각하는 것이 바로 당신 자신이다.

시크하고 모던한 가구가 멋들어지게 배치된 집, 세련된 음식, 스타일리시한 패션, 근사한 배경이 되는 음악, 모든 것을 다 가졌다 해도 보이지 않는 라이프스타일이 그 모든 것을 망칠 수 있으니 이제 새로운 라이프스타일을 꿈꾼다. 아무리 최고의 명품을 입어도 내 안이 채워져 있지 않다면 마치 안데르센의 '벌거벗은 임금님'처럼 내면의 벌거벗음이 다른 사람들의 눈에 보이게 된다. 아름다운 이름으로 브랜딩한 가치로 옷을 지어 입고 그 위에 사려 깊은 소비의 라이프스타일을 갖춰야 비로소 완성된 작품이 탄생한다는 사실을 수없이 경험한다. 보이지 않는 생각 디자인, 진정한 스타일을 완성하는 마무리 작업이다.

현실로 돌아와 가만히 내 인생의 라이프스타일을 들여다보니 잡지에 나오는 그것과는 동떨어져있다. 마치 모파상의 소설 '목걸이'에 나오는 주인공처럼, 아무런 가치가 없는 가짜 목걸이를 위해 죽도록 일하며 빚을 갚는 사람 마냥 헛헛함이 가득하다. 너도나도 빚을 한가득 지고 걸어가는 '빚'쟁이 인생 같지만, 세상에 나의 점 하나를 얹어 '빛'이 되는 꿈을 꾼다. 그 빛을, 보이지 않는 라이프스타일이라 부르고 싶다.

우리가 크리스마스만 되면 으레 사는 크리스마스 씰이 덴마크에서 유래된 것을 아는 사람들이 많이 있을지 모르겠다. 그건 1903년의 겨울로 거슬러 올라간다. 아이날 홀벨(Einar Holboell)은 코펜하겐 북쪽 교외에 있는 겐토프트(Gentofte)의 작은 우체국 국장이었다. 마음이 따뜻하고 동정심이 많았던 그는 전국 각지에서 온 크리스마스 우편물을 정리하고 있던 추운 12월의 한 날, 밖을 걸어가고 있는 행색이 초라한 소년과 소녀를 보게 된다. 크리스마스의 축제 분위기가 가득 묻어 있는 편지들과 창밖에 보이는 그 아이들은 그에게 어떻게 하면 그 두 개를 연결해서 세상을 도울 수 있을까를 고민하게 만들었다. 그리고 불현듯, 크리스마스 씰이라는 작은 연결고리를 생각해냈다. '크리스마스 카드를 보내는 편지에 기념우표 하나를 더 붙이는 아주 사소한 투자로 펀드를 만들어 아이들을 도울 수 있다면!' 하는 아주 작고도 작은 생각이었을 것 같다. 그 우표만한 생각을 동료들과 함께 나눴고, 그의 마음을 공유하고 알아본 동료들과 함께 크리스마스 씰 디자인 작업을 하게 된다. 그리고 좋은 아이디어라고 확신한 그들은 크리스찬 국왕에게 달려가 아이디어를 선보이기에 이른다. 크리스찬 국왕은 전적으로 아이디어를 지지해 주면서 첫 번째 씰을 루이제 여왕(Queen Louise)의 얼굴을 넣어서 디자인할 것을 명했고, 이는 큰 성공을 거두는 데에 일조를 하게 된다. 1904년에 처음 발행된 씰은 0.02 크로네에 팔렸는데 덴마크에서만 400만 장 이상이 팔렸으니, 덴마크의 작은 인구를 고려한다면 거의 전 국민이 참여한 운동이나 마찬가지이다. 마음 따뜻한 사람들 같으니! 우체국 직원들과 국왕 간의 인간적인 소통도 아름답고, 서로의 마음과 의도를 알아차리고 선한 아이디어에 생명을 불어넣은 것이다. 1906년에 노르웨이와 스웨덴이 그 뒤를 따라 크리스마스 씰을 발행했고, 그 이후 미국과 캐나다를 거쳐 모든 나라에 퍼지게 되었다. 팔린 금액은 결핵을 퇴치하는 데에 쓰이기 시작해 병원을 세우고 더 많은 질병을 연구하고 예방하는 데에 쓰여졌다. 이후 크리스마스 씰은 국경과 목적을 뛰어넘는 천사의 아이디어가 되었다.

 아이날 홀벨이 생각했던 것보다도 훨씬 더 엄청난 결과를 낳은 작은 우표의 아이디어! 그날의 우표들은 이제 빈티지 우표가 되어 상당한 가격에 팔리고 있으니 두고두고 마음에 온기를 가져다주는 이야기이다. 나는 이 이야기를 알고 나서 나를 넘어서는 사람이 되는 것, 그리고 감동을 주는 '보이지 않는 라이프스타일'이란 대단한 것을 이룬 사람만 갖는 것이 아니라는 것을 단단히 배웠다. 자신이 있는 바로 그 자리에서 빛이 되는 사람이 되기. 콩알만한 사랑이라도 내 안에 있어 어딘가의 땅에 휙 뿌렸다면 반드시 하늘로 올라가는 잭의 콩나무처럼 자라갈 수 있다는 사실. 아직도 나 자신조차 추스르지 못해 초라해 보일지라도, 언젠가는 꼭 나를 넘어서는 사람이 될 수 있다는 것을!

당신을 더욱
이해하게 되었어요

'나를 넘어서'라는 문구는 내가 진행했던 한 행사에서 연사가 했던 말이었는데, 이상하게도 계속 지워지지 않고 이따금씩 떠오른다. 나와 내 소유만 주장하는 것을 넘어 세상을 돌보는 사람들과 그런 마음으로 경영하는 기업이나 기관을 보면 말할 수 없는 충만함을 느끼게 된다. 모두가 서로를 헐뜯고, 나만 세상의 중심이고 내 뜻을 우선시하는 세상에서 자신이 태어난 목적을 다하는 사람과 기업은 새로운 감동을 주기 때문이다. 나 역시 인생의 어느 시점이 되면 나를 넘어서는 사람이 되고 싶기에 그 말이 마음 속에 새겨진 듯하다.

'서른 즈음에'라는 노래를 들으며 머물러 있던 청춘이 멀어져 가는 느낌에 가슴이 절절했던 삼십 대가 있었다. 이제 마흔 즈음이 되고 보니 나도, 주변 사람들도 모두 세상에서 받은 상처 난 마음을 한 켠에 숨겨둔 채 살고 있었다. 짐작도, 예상도 못 했던 상처와 아픔, 그리고 고된 삶까지… 아무리 감추려 해도 드러날 때가 있다. 그럴 때는 이렇게 대답하면 된다는 걸 알았다.

'제게 이야기해줘서 고마워요. 당신을 더 이해하게 되었어요.'

상처가 순식간에 봉합되는 순간이다. 철이 없던 나이에는 남의 상처를 들추어내는 걸 좋아한다. 자기는 허물이 없을까마는. 안타깝게도 청춘과 깨달음은 공존할 수 없다. 그리고 지금은 그게 무엇인지 알게 된다. 그게 나이 듦의 보상인 것 같다. 우리나라는 공식적으로 무기를 소지하는 것을 불법으로 규정하고 있지만, 실은 모두 잔인한 무기를 하나씩 가지고 있다. 바로 '말'이라는 무기. 그러니 살다 보면 어쩔 수 없이, 피할 틈도 없이 그 무기에 찔린다. 그렇게 말의 상처로 아파할 때 친구에게 문자를 보냈다. 아주 간단하지만 완벽히 치유되는 답이 날아왔다.

"호~~~~"

나를 넘어선다는 건 먼저 타인을 이해하는 것이며, 의미 있는 삶이란 결국 다른 사람들을 돌아보고 보듬으며 살 수 있는 넉넉함을 가지는 것이다.

만나는 사람에게 비타민처럼 웃음을 선사하는 토마스는 멀티태스킹의 귀재다. 바쁜 상황에서도 중심을 잃지 않고, 주변 사람들을 챙기며 주어진 일을 성공적으로 해내는 타입이다. 한 가지 일에 집중하기도 어려운 사람들이 허다한데, 그는 직원들을 따뜻하게 부르고 끊임없이 새로운 아이디어를 내며 20년은 젊게 사는 것 같다. 심지어 그와 함께 일을 처음 시작했을 땐 개그맨이 아닐까 생각했을 정도로 웃음이 끊이지 않는 분위기 메이커였다. 누가 봐도 좋은 환경에서 자라 힘든 일 없이 평탄하게 살아온 한량 같아 보이던 그였는데, 시간이 흐른 뒤 뜻밖의 이야기를 들려주었다.

"나 Leukimia(백혈병)와 1년간 싸우다가 바깥세상에 나온 지 몇 달 안 됐잖아요."

"네?"

반전은 세계적인 트렌드인가? 이것도 생활 개그의 일부인가? 한참 동안 귀를 의심하다가 토마스가 보여준 사진을 보고서야 믿게 됐다. 삭발한 머리로 얼굴을 거의 덮는 큰 마스크를 쓰고 무균실 앞에서 찍은 사진에는 토마스가 이겨낸 시간이 고스란히 담겨있었다. 물론 그가 사진에서 강조한 건 자신의 두상이 꽤 괜찮지 않냐는 지극히 초연한 코멘트였다. 지독한 고통의 시간을 초월해 주변에 웃음과 격려를 주는 이 사람의 저력은 어디에서 나오는 걸까?

얼마 전만 해도 그 역시 병원 창문에서 뛰어내릴 생각만 했던 시간이 있었다고 했다. 불행인지 다행인지 입원해 있던 병원의 창문이 열리질 않아 못 뛰어내렸다며 크게 웃는 그는 아직 완치 판정까지 1년여의 시간을 더 기다려야 한다. 인고의 시간을 잘 견뎌낸 토마스의 웃음에 미소 한 번 짓는 것도 인색한 나와 모두가 부끄러워졌다. 권력과 부를 욕심 내는 사람들 이야기에 그는 쿨한 결론도 내렸다.

"그렇게 욕심내지 않고도 다른 사람들을 도우며 품위 있게 살 수 있

230

는데… 인생을 왜 그렇게 허비하는 걸까요?"

죽음의 문턱을 다녀온 이에게는 고통의 대가로 혜안이 생긴다.

기업 턴어라운드(기업 회생) 전문가인 요겐슨은 선한 소년 같은 미소가 트레이드 마크다. 그의 능력은 탁월해서 여러 기업을 살렸고 지금도 어디선가 침몰하려는 기업을 살리는 중이다. 그러나 대단한 것은 기업을 살린 그의 능력이 아니라 두 번의 암 선고를 받은 아내를 기적적으로 회생시킨 일이다. 그의 아내는 두 번의 암을 이겨냈다. 남들은 한 번도 이겨내기 힘든 암을 두 번이나 치열한 사투 끝에 떨쳐내도록 그는 모든 힘을 다해 도왔다.

"우리는 기업의 세계에서 턴어라운드, 턴어라운드 하지요. 그런데 나에겐 내 아내의 인생 턴어라운드만큼 극적인 것도 없어요. 그녀의 인생 자체가 턴어라운드, 반전인걸요."

부창부수일까? 그의 아내 역시 이렇게 이야기했다.

"나에게 아직 할 일이 있어요. 내가 도와야 할 사람들이 있고요. 그전에는 절대 죽을 수 없지요."

그 마음과 남편의 사랑이 그녀를 살렸다고 나는 믿고 싶다.

샐리는 내가 만나 온 어떤 비즈니스우먼보다 행복DNA를 가득 머금은 사람이었다. 감성 CEO의 대표주자인 그녀는 자신이 판매하는 제품으로 고객이 행복하기를 바라며, 그런 피드백을 통해 스스로도 자신이 하는 일에 행복을 느끼기를 바랐다. 그러나 그토록 행복을 꿈꾸는 그녀가 암 진단을 받았다며 소식을 전해왔다. 누구보다 행복이란 단어가 어울리는 그녀이기에 난 할 말을 잃었다.

"스티브 잡스는 위대한 사람이지만, 세상을 너무 빨리 움직이게 만들어 놓고 갔네요….."

그녀의 말이었다. 스스로 행복을 위해서 열심히 노력했지만 비지니스의 그 빠른 속도감 속에서 허덕이다가 갑자기 찾아온 암 덩어리와 심장의 압박. 이제 우리는 안다. 두 박자 느리게 살아야 한다는 사실, 그리고 스트레스를 버티며 잘 살고 있는 것이 위대한 삶이 아니라 모든 것들에 용서를 보내며 내면의 평화를 누리는 것이 진정한 행복콘서트라는 사실 말이다. 그러나 열심히 살아온 그녀의 지난날은 아름답다. 치열하게 산 날이 있어야 느리게 걸을 수 있는 날도 온다. 그녀가 모든 아픔을 이겨내고 일어서리라 믿어 의심치 않는다.

치명적인 상황을 이기고 나올 때, 오히려 우리는 자신을 넘어선 사람이 된다. 그리고 자신을 넘어선 사람은 타인의 아픔을 치유할 수 있으며 행복에 더 가까워진다.

이제 건강검진 진단서에도 '생의 전환기'라 불리는 나이를 향해 가고 있는 나에게 꽃이란 안도현 시인의 '꽃'이 되었다. 우리 몸 속에 고여 있는 꽃. 언제 피어날지 모르지만 생계를 위한 처절한 생존의 터전에서, 아이들을 키워내고 나와 다른 모습을 가진 한 사람과 호흡을 맞춰가야 히는 생의 복잡힌 안식치에서, 나는 살아남으려고 밤새 빌버둥을 치고 있었나 보다. 그리고 그 시간이 오래되어 결국 입안에 가득

고여버린 피, 그 아픔을 뱉을 수도 뱉지 않을 수도 없는 상황에서 나는 그저 하늘을 쳐다보게 되었다. 아무도 나를 도와주지 못하는 사면 초가의 네모난 빵 안에서 나는 아직 열려 있는 하늘을 소망하게 된 것이다. 내 안에 고통스럽게 묻혀 있던 꽃이 그 하늘을 향해 슬며시 미소를 지으며 피게 되는 날을 상상하며…. 우리 안에 들어 있는 꽃을 피우기 위해 모든 이들이 비슷한 고통을 이겨내고 있다는 사실을 더욱 이해하는 사람이 되어가고 있는 건지도 몰랐다. 그 꽃이 할미꽃이든 패랭이꽃이든, 혹은 장미이건 튤립이건 모두 같은 무게로 소중하다.

오래 곁에 두는
행복

'여행'이란 삶의 환풍기다. 여기서 말하는 여행이란 이곳이 아닌 다른 장소로 떠나는 것만을 의미하진 않는다. 내 안에 갇혀 있지 않고 시선과 관심을 바깥에 두는 것, 창 밖을 바라보기만 해도 새로운 산소가 공급되는 이치다. 책으로, 예술로 떠나며 배우는 신선한 경험들은 물론 낯선 곳으로 떠나는 진짜 여행에서도 수많은 자양분을 채워갈 수 있다. 내 안에만 갇혀서 열심히 많은 말만 쏟아내고 있으면, 가끔 답답해질 때가 있다. 내가 가진 고정관념에서 벗어나 나를 행복하게 만드는 작업을 시작하기로 결심한 뒤 처음으로 한 일은 절망하지 않기로 마음먹은 거였다. 내가 있는 곳에서 인정받고 근사해 보이는 일을 할 수 없다고 실패하는 건 아니니까. 이젠 남들에게 '행복해 보이기'를 원하는가 아니면 '진짜로 행복하고 싶은가' 중에서 하나를 택하며 살아간다. 다른 사람들에게 행복해 보이기에는 별 관심이 없는 북유럽의 사람들을 가까이에서 보고, 그들의 생각을 엿보았다. 때때로 현실의 스트레스가 극에 달해 달그락거릴 때 나의 삶에 균형을 맞취 보면 평화와 행복감이 찾아오는 일이 종종 있었다. 오픈 샌드위치에 영감을 충분히 얻었다면 이제는 다시 나로 돌아올 차례다. 하늘을 향해 무궁무진하게 열려 있는 인생이 나를 기다리고 있다.

　가끔 위축되는 자신이 존재감 없는 것 같아도 내게 주어진 몫과 태어난 목적을 이루며 행복하게 살아간다면 그게 진실로 가치 있는 삶일 거라고 생각하며 마음을 달래 본다. 자국의 홍보를 위해 어느 대학교의 세미나에 다녀온 동료가 이런 이야기를 했었다. 다른 나라 대표들이 와서 열심히 자기 나라를 홍보하는데 노벨상을 받은 사람은 몇 명이고, 위대한 리더로 누가 있으며, 글로벌기업은 무엇 무엇이 있다며 장황한 설명만 이어졌다고 한다. 그때, 그 덴마크 동료는 이렇게 이야기했단다.

"저는 꼭 그런 것들을 준비하지는 않았습니다. 그런 것이 없어서가 아니고요. 오늘 드리고 싶은 말씀은, 덴마크는 지구에서 제일 행복한 나라라는 사실입니다. 많은 사람들이 행복하다고 느끼며 사는 나라를 만드는 것은 절대 쉬운 일이 아니거든요."

　혹자는 그들의 행복을 자신의 인생에 대한 기대치가 낮기 때문에 가지게 되는 느낌일 뿐이라고 반문하기도 한다. 내 몸이 건강하고, 가족을 부양할 수 있는 직업이 있으니 행복하고, 여생을 책임질 정부가 존재하니 일부러 큰 비전을 꿈꿀 필요도 없고, 아무리 크게 성공해도 나라에 내야 할 세금이 많아 옆집 사람과 별반 다르게 살 가능성도 없는 삶. 그래서 다른 사람들이 보기에 그런 삶은 너무 평온하다 못해 지루해 보일 때도 있다. 어쩌면 그런 행복은 단순히 삶의 만족도가 높다는 의미일 수도 있겠다.

꿈은 크고 목표는 높아서 동동거리는 것과 지금 이 순간이 너무 만족스러워 별로 인생에 가슴 뛰는 일이 없는 것 사이에서 내가 발견한 행복 찾기란, 꿈을 갖고 그 꿈을 바라보면서 현재에 만족하고 감사하는 법을 배우는 일이다. 꿈은 하버드인데, 아이의 시험지가 50점이면 마음에 분노가 생기고 아이를 다그치게 된다. 이제는 꿈을 포기하지 않고 잠재력을 믿으면서도 지금 건강한 모습으로 나와 함께 있어주는 아이에게 고마워하기로 한다. 꿈을 꾸는 데에 세금을 내라는 사람은 없으니 있는 힘껏 꿈꾸고, 감사하는 데에도 역시 한 푼의 돈도 들지 않으니 마음껏 감사할 것! 그 다음 나에게 주어진 악조건이나 운명 안에서 세상을 더 아름답게 만드는 시도를 멈추지 않는다면 어느덧 행복은 문 밖에 와 있을지 모른다. 백조의 꿈을 버리지 않고 간직한 채 미래를 바라보면서, 행복한 오리로 또한 현재를 감사하며 살아갈 수 있는 것……

한국을 방문하는 것으로 52번째 나라를 방문한다고 말했던 이름이 생각나지 않는 어느 대표가 있었다. 다양한 문화에 익숙해 한국에 대해서도 상당히 포용적인 태도를 보였다. 비즈니스부터 문화까지 소개하기가 무척이나 수월했다. 의자 생활만 익숙한 서양인들이 한국에 와서 힘들어하는 것은 레스토랑에서 양반다리로 앉아서 식사를 하는 것이다. 처음 바닥에 앉아보기 때문에 어떻게 앉아야 하는지 방법조차 잘 몰라서 다리를 쭉 뻗고 엉덩방아를 찧으면서 겨우 앉는 사람까지 보았다. 그래서 이 사장님에게도 살짝 물어보았다. 다리가 쑤시지는 않는지 저리지는 않는지 긴 다리를 주체할 수 없어서 힘들지는 않은지. 그랬더니 난데없이 한술 더 떠서는 마다가스카르의 아프리카인들이 어떻게 앉아서 밥을 먹고 대화하는지를 보여주는 것이다. 그것은 쭈그리고 앉아서 두 팔로 다리를 감싸 안는 방식이었다.

"이 상태로 마다가스카르 사람들은 한 시간이고 두 시간이고 밥도 먹고 이야기도 나눈답니다. 이렇게 편하게 바닥에 앉아서 테이블에서 식사하는 것은 큰 축복이죠."

바닥에 앉는 것이 너무 불편하다고 호소하는 보통의 서양인들에 비해 엄청난 포용력과 이해심을 가진 그는 나에게 이런 메시지를 남기고 떠났다.

'왜 불평을 하죠? 넓은 세계를 한 번 보세요. 당신은 불평할 것이 하나도 없으며, 불편한 것이 있다면 그것을 편안하게 느끼도록 다시 창조하면 그만입니다.'

스틴은 항상 즐거운 표정을 짓고 있는 비즈니스맨이다. 한국에서의 기업 면담 후 마무리 미팅을 하기 위해 한 고급 호텔에서 점심을 하는 중이었다. 일 때문에 여러 나라를 다녀서 호텔 생활이나 좋은 음식을 먹는 것은 당연한 일과와도 같은 사람이다. 좋은 부모님을 만나 안락한 생활이 주어졌다고도 했다. '그러면 주변의 모든 일들이 당연하게 느껴지겠구나.'라고 생각한 순간 그는 나에게 이렇게 이야기했다.

"그렇지만 나는 매 순간 나에게 주어지는 것들에 감사해. 이렇게 좋은 곳에서 좋은 사람들을 만나 좋은 음식을 함께 먹을 수 있다는 것. 정말 특별한 일이지."

자신에게 주어지는 것들을 매 순간 감사하며 받아들이는 순간, 우린 무명의 관객에서 어느 특별한 삶의 주인공이 된다.

루쓰는 다시 태어나면 꼭 원예가가 되고 싶다고 했다. 꽃을 키우고, 빵을 굽는 것을 최고의 행복으로 생각하며 인자한 미소를 잃지 않았던 분이다. 아파서 병원에 갈 때 지갑을 들고 가지 않는다는 이야기를 그녀에게서 처음 들었다. 나로서는 부러운 일이지만 그들은 대신 엄청난 세금을 내니 당연하게 여길 수도 있겠다 싶을 때, 그녀는 이런 얘기를 들려줬다.

"사람이 아플 때, 어떤 상황이라도 돈을 걱정하지 않고 인간의 생명을 먼저 구할 수 있는 나라에 산다는 건 정말 감사한 일이야. 그렇지?"라고 하며 옆의 남편을 쳐다보는 그 눈빛에서 감사하며 사는 삶의 포근함이 읽혀졌다. 병원에 가서 돈을 내지 않고 진료를 받을 수 있는 그들의 복지보다 매 순간 감사하는 그녀의 마음이 더욱 가치 있게 여겨졌다.

한번은 정말 고령의 참전용사를 만난 적이 있는데, 내가 지금껏 만나 본 사람 중 가장 나이가 많은 분이셨다. 그 분과의 만남에서 나는 행복의 중간결말 같은 것을 얻었다. 90세가 가까이 되는 한국전쟁 참 전용사셨는데, 병원선 유틀란디아(Jutlandia)에 파견되었고, 그 배 안 에서 사랑을 싹 틔워 결혼을 하고 백년해로를 하고 계신 분이다. 한국 전쟁 60주년 기념행사 참석차 한국에 오셨던 그는, 이제 아마도 생애 마지막이 될 이 방문에 마음이 먹먹하신지 자꾸 눈물을 삼키며 말씀 을 이어가셨다. 전쟁을 겪은 세대도 아닌데다가, 다른 나라에서 우리 나라의 전쟁을 돕기 위해 참전했던 분을 처음 만나고 대화를 나눴던 나는 궁금했다. 과연, 죽음이 기다릴지도 모르는 타국의 전쟁터에 어 떻게 지원할 수 있었는지. 과연 그 마음은 어떤 것이었을지 알고 싶었 다. 나이팅게일이 가졌던 것과 비슷한 그런 헌신의 마음일까? 그런데 그는 이렇게 담담하게 설명했다.

"나도, 나의 아내도 한국이 겪었던 비슷한 역사를 이미 겪었었죠. 우 리나라, 내가 살고 있었던 동네도 자유를 빼앗길 상황에 놓인 적이 있 었거든요. 그래서 한국이 그런 상황에 처했다고 하니 그걸 막아야 한 다는 생각이 너무나 자연스럽게 들었어요. 내가 한국 전쟁에 자원한 다는 건 너무 당연한 일이었죠."

그리고 그는 모든 것을 버렸지만 하나도 잃어버린 것 없이 오히려 사랑하는 아내와 가족을 한국 전쟁을 통해 얻었다.

더 재미있는 사실은 당시 생사가 교차하는 그 치열한 상황에서도 병원선 안에 커플들이 곳곳에서 탄생했다는 사실이다. 열 커플도 넘 는 연인이 탄생해 종전 후 모두 결혼을 해서 잘 살고 있다고 했다. 한 가지 신기한 일은 그 중에 이혼한 커플이 하나도 없다는 사실이었다.

그 비율은 실로 엄청난 것이라 놀랄 수밖에 없었다. 노년에 자신의 결혼생활을 끝까지 지키며 사는 사람들은 그 자체만으로도 무척 자랑스러워할 정도인데 말이다. 여기에 그가 이야기를 덧붙였다.

"우리는 인간의 가장 비참한 상황을 함께 겪었어요. 결혼생활에는 항상 문제가 있지요. 아니, 문제라기보다는 도전과 위기가 많죠. 하지만 그 어떤 것도 우리가 병원선에서 겪었던 것만큼 힘들고 참혹한 일은 없었어요. 그것을 견뎌낼 수 있었다면 그 어떤 상황도 극복할 수 있는 거죠. 우리뿐만 아니라 다른 부부들도 모두 마찬가지일 거예요. 그래서 우리가 이렇게 행복하게 백년해로를 할 수 있었던 게 아닐까요?"

나는 전쟁을 겪어보지는 않았다. 상상할 수조차 없는 현장이리라. 그러나 사람은 모두 어떤 형태로든 전쟁을 겪는다. 개인의 역사에서, 가족의 역사에서, 바닥으로 나앉는 시간을 경험한다. 그리고 한동안 잘 지내는가 싶었더니 경제위기가 오기도 하고 셀 수 없는 다른 모양의 시련에 직면하기도 한다. 그런데 나의 인생은 아직 열려 있다. 폐허는 복구하면 되고, 어떤 힘든 상황이 와도 이것보다 힘들지 않다는 마음으로 나를 버텨내고 지지할 수 있는 에너지로 바꾸면 된다.

내가 겪었던 슬픔과 고난을 겪는 사람들이 있다면 너무나 당연한 마음으로 그들을 돕고 다독이는 데에 참여하기. 고난이란 바로 그러라고 주어지는 것일 테니. 모든 시련에는 메시지가 있다고 메테가 나에게 이야기해 준 적이 있다. 그러니 인생 최악의 힘든 상황을 만나더라도, 단지 나머지 인생의 도전들을 극복해 가는 원동력으로 삼을 것. 그리고 세상살이의 거센 총탄이 쏟아지는 중에서도 사랑을 멈추지 않을 것! 그것이 내 남은 인생 후반전에 놓여진 즐거운 도전 과제다. 보이지 않지만 멋진 라이프스타일을 가르쳐 준 사람들을 만날 수 있어서 고마웠다. 내 인생의 선물이었던 그들과의 만남을 당연하게 여기지 않고 나에게 주어진 최고의 축복이라고 생각하니 행복지수가 더욱더 올라간다. 앞으로 만나게 될 세상의 아름다운 사람들 또한 내 인생에 남겨진 선물이다.

안데르센의 이야기처럼 우리는 모두 백조가 되도록 만들어졌다. 그게 운명이다. 어디선가 천덕꾸러기 신세를 면치 못하며 전전긍긍하고 있더라도 매일 하늘을 보며 날아갈 꿈을 꾼다면 언젠가 하늘 위의 자신을 발견할 것이다. 그때까지 필요한 건 인내뿐이다.

세계 곳곳에 아직도 산재한 아픔들에 대처하는 우리들의 자세는 데일 카네기도 그의 〈행복론〉에서 이야기했듯이 기도뿐이다. 마음이 너무 힘들 때는 이 기도마저 잘 안 되니 그럴 땐 기도 품앗이가 절실히 필요하다. 어떠한 상황에서라도 자신의 행복을 다시 재단하고, 함께 살아가는 이들도 행복할 수 있도록 함께 격려하고 나누기를 소망한다. 인생의 중간 지점에 서니 "다른 사람들을 행복하게 만드는 재주가 있으시군요."라는 말을 들을 때 기쁨이 찾아온다. 사람들은 어릴 때 "똑똑하군요, 공부를 잘하네요."라는 말을 듣기 위해 안간힘을 쓰고, 여자라면 "예쁘시군요."라는 말을 듣기 위해 온갖 투자를 마다하지 않는다. 똑똑함은 소멸하고 아름다움은 곧 쇠퇴하지만 행복은 곁에 남는다.